DERNIÈRE DÉFENSE

Harrisburg Railers #5

RJ SCOTT

V.L. LOCEY

Translated by

ALEXIA VAZ

Love Lane Books

Dernière Défense (Harrisburg Railers #5)

Copyright © 2018 RJ Scott, Copyright © 2018 V.L. Locey, Copyright © 2021 Version française

Couverture par Meredith Russell

Corrigé par Sue Laybourn (version originale)

Traduit par Alexia Vaz

Publié par Love Lane Books Limited

ISBN - 9781785646508

***

Tous droits réservés

Dédicaces

À ma famille, qui m'accepte avec toutes mes manies et mes excentricités. Même la banane en plastique dans mon étui de revolver. ~ V.L. Locey

Comme toujours, à ma famille. ~ RJ Scott

Newsletter

Inscrivez-vous pour suivre les sorties des romans en français.

rjscott.co.uk/NL-FR

DERNIÈRE
défense

HARRISBURG RAILERS 5

RJ SCOTT &
V.L. LOCEY

Love Lane Books

Chapitre 1

BEN

— Non, vous voyez... ce n'est pas exactement le genre de la maison... Nous espérons étendre les recherches afin que plus de volontaires viennent nous aider pendant l'été.

Je m'enfonçai sur ma chaise, grimaçant légèrement quand la vieille peau de vache couina avec force. La climatisation soufflant sur mon visage était ridicule, mais étant donné qu'elle était là depuis des années et qu'elle nous avait été donnée, je ne pouvais pas lui en demander davantage. Les documents voletaient sur mon bureau, l'air presque frais effleurant les montagnes de paperasse qui me tombaient désormais dessus. Il était loin le temps que je passais à travailler avec les animaux au Refuge Crossroads. À présent, je consacrais la plupart de mon temps à ce *foutu* bureau, à parler dans ce fichu téléphone, pour tenter d'amadouer des riches afin qu'ils donnent davantage d'argent au refuge. Ça craignait vraiment.

Me penchant un peu plus en arrière, je laissai mes yeux se fermer. Lenny, qui travaillait au Harrisburg Herald, me rabâcha encore et encore quel était le prix d'une publicité et m'avoua qu'il ne se sentait plus capable de nous offrir une réduction.

— Non, nous *comprenons*. J'ai besoin que *vous* compreniez que nous avons besoin de chaque centime possible pour nous aider. Nous sommes un refuge qui n'euthanasie pas les animaux. Nous ne sommes pas financés par l'État. Chaque centime… Je sais que je vous le répète tout le temps. C'est parce que vous vous plaignez d'enlever cinq pour cent au prix initial chaque fois que j'appelle.

Lenny jacassa un peu plus sur les frais généraux.

Ouais, parle-moi des frais généraux, Lenny. Je les connais par cœur.

Ce ressassement se transforma en bourdonnement, comme le professeur de Charlie Brown, et mon esprit commença à divaguer. Mon regard se posa sur les documents personnels presque enterrés sous la pile de paperasse sur mon bureau. Un ordinateur était allumé, le logo du refuge, avec un chien et un chat, ainsi qu'un humain devant un carrefour, rebondissait à l'écran. L'ordinateur portable faisait de drôles de petits bruits quand je l'allumais le matin, mais je l'ignorai. Il y avait aussi une tasse à café vide avec le même logo, plusieurs bouquins sur des choses misérables comme des objectifs de financement, des missions de manager et des dossiers administratifs nécessaires dans les centres d'accueil d'aujourd'hui, ainsi qu'une romance gay.

Je récupérai le livre, l'ouvris et repris ma lecture de l'histoire d'un escroc et d'un strip-teaseur qui travaillaient ensemble pour duper un membre de la mafia. L'intrigue était un peu faible, mais le sexe était torride, et, oh, mon

Dieu, la romance était incroyable. Le romantisme me manquait. La connexion émotionnelle avec un autre homme me manquait. Le sexe avec des sentiments me manquait. Les quelques coups d'un soir que j'avais eus depuis que j'avais perdu Liam avaient été froids et mécaniques. Liam me manquait tellement que c'en était douloureux. Pourtant, j'étais trop lâche pour faire des rencontres. Si j'en faisais, j'allais peut-être trouver quelqu'un. Et ce quelqu'un pourrait être parfait, comme Liam l'avait été. Et ce quelqu'un pourrait m'épouser. Et pourrait mourir. Non. Impossible que je survive à ça une nouvelle fois. Il valait mieux avoir des relations insignifiantes sur le parking des clubs gay. Ça n'était que légèrement douloureux quand la futilité faisait son effet.

Deux ans qu'il était parti. Mon regard quitta la romance et se posa sur la photo presque cachée par des tas de dossiers. Je tendis la main au-dessus des babioles et poussai les papiers sur le côté. Liam me sourit depuis son cadre, son visage joyeux, si plaisant et spécial, et si aimé. Tous les deux, nous en faisions des tonnes à cette collecte de fonds où le cliché avait été pris.

Ses cheveux blonds luisaient sous le soleil d'été. Ses yeux bleus scintillaient. J'étais accroché au bras de mon mari, riant comme un fou, berçant Buck, notre bébé malamute, qui venait du refuge, bien sûr. Nous ignorions totalement que dans le mois, Liam serait mort. Multiples myélomes. Cancer des os de stade quatre. Il avait trouvé une grosseur dans son entrejambe et trois semaines plus tard, il était décédé. À trente-trois ans. C'était quoi ce putain de délire ? Enfin, comment une telle chose pouvait-elle arriver à cet homme si fort et vif ?

— Ouais, non, je comprends, dis-je quand je me rendis

finalement compte qu'il y avait une longue pause à l'autre bout du fil.

Je saisis la photo de Liam et moi, prise à une époque plus heureuse, et la levai devant la climatisation. Il avait toujours détesté avoir chaud. Il dormait avec un ventilateur tout l'hiver. Alors que moi je portais quatre couches de vêtements, avec des caleçons longs et des chaussettes de laine, jurant à cause du vent glacial soufflant sur nous. Lui, il se contentait d'étirer ses grands membres athlétiques et de soupirer. Les joueurs de tennis suédois n'étaient pas bien dans leur tête.

— Stupide mec qui dort nu tout l'hiver, marmonnai-je mélancoliquement. D'accord, je comprends. Juste pour un mois supplémentaire ? Merci, Lenny. Vous êtes le meilleur. Oui, la demande standard de volontaires et d'aidants pour le chenil. Des gens qui aiment câliner les chats, embrasser les chiots, vous voyez. Jouez sur le côté fourrure mignonne. Dans le journal de la semaine prochaine, ça me semble bien. Encore merci.

Je raccrochai avant qu'il puisse changer d'avis. Non pas qu'il le ferait. Je ne le pensais pas. Je l'espérais. Nous avancions sur une corde raide, côté financier. Devoir casquer afin de faire de la pub pour attirer des bénévoles signifiait qu'il y aurait moins d'employés payés. Et ce n'était simplement pas envisageable. Nous n'avions qu'une manager du chenil, Diana Pierce, et une conseillère en adoption, Abby Barnes à payer, et nous ne pouvions pas nous permettre d'investir davantage.

Notre vétérinaire, le Dr Vince Owens ne venait gracieusement que de temps en temps, lorsqu'il avait un moment de libre, et il ne nous faisait jamais payer à moins que ce soit quelque chose de majeur qui exigeait une opération. Dans ce cas-là, l'animal partait dans son cabinet et nous devions cracher de l'argent. Pour les vaccins et les consultations de routine, Vince nous aidait gratuitement. Et il nous sauvait réellement la vie. Payer la routine de soins vétérinaires nous ferait couler et la ville avait vraiment besoin d'un refuge où l'on ne pratiquait pas l'euthanasie.

Bien sûr, nous avions un grand chenil à l'autre bout de l'agglomération, mais ils piquaient les animaux. C'était triste, évidemment, et j'espérais que nous éviterions ça à tout prix. Si Crossroads fermait, chaque chien et chat ici serait transporté de l'autre côté de la ville. La majorité serait euthanasiée, puisqu'ils étaient vieux et avaient des problèmes de santé. Bon sang, actuellement, nous essayions toujours de trouver un foyer pour les vieux chiens qui avaient été déposés sur notre perron à Noël dernier.

Quel genre de salaud laisse tomber son vieux chien pour faire de la place à un petit chiot offert pendant les fêtes ?

Je devenais de nouveau morose. Il était temps de sortir de cette pièce étriquée et peut-être de faire un tour. Je me relevai, m'étirai et jetai un coup d'œil à Bucky, de l'autre côté du bureau. Il cligna de ses yeux bleus en me regardant, posant sa tête sur ses pattes avant. Puisque les éleveurs de malamutes n'aimaient pas les yeux bleus, nous soupçonnions que c'était la raison pour laquelle Bucky avait été abandonné devant un bar, quand il avait environ trois semaines. Je devinais que l'éleveur (cette merde pourrie qu'il ou elle était) avait vu ses yeux bleus et avait décidé de se débarrasser de ce gène indésirable dans une poubelle. Heureusement pour Bucky, Liam l'avait trouvé, guidé vers la benne par des gémissements, et il me l'avait rapporté à la maison.

— Bonjour, Soldat de l'Hiver, chuchotai-je.

Son oreille gauche tressaillit.

— Tu sais que ton autre papa t'a donné un super nom, hein ?

Il bâilla, s'étira et se leva lentement. Il savait qu'il était génial.

— Allons voir ce que les chiens font ce matin.

Bucky et moi nous échappâmes du bureau pendant plus d'une heure. Une partie de mon travail, en dehors de la paperasse et des tâches ingrates, consistait à m'assurer que tous les animaux étaient traités humainement et que notre bâtiment était propre comme un sou neuf. Les bénévoles étaient des sauveurs, des anges selon moi. De vieilles femmes, des étudiants à l'université et ceux qui avaient un cœur doux et aimant faisaient le sale boulot au refuge. Il fallait forcément avoir une bonne âme pour nettoyer le chenil et vider les litières sans rien en échange.

— Salut, patron.

Je jetai un coup d'œil par-dessus mon épaule et vis Diana courir vers moi. Elle était la manager du chenil, mais son titre couvrait également la « Maison des Chats », un nom que nous avions spirituellement choisi pour le côté des félins.

Ma conversation avec un labrador croisé s'acheva, mais Bucky et le chien noir au museau argenté continuèrent leur visite.

— Tu as reçu un appel de Layton, des Railers, dit Diana.

Layton Foxx s'occupait des réseaux sociaux des Harrisburg Railers et nous devions discuter de la façon dont l'équipe et le refuge pouvaient travailler ensemble.

— Il est en ligne, là ?

Je quittai le chenil, qui avait été récemment nettoyé avec du désinfectant à l'odeur de pin. Je partis vers le bureau principal, qui était l'endroit où le public entrait pour commencer la procédure d'adoption.

— Non, il a dit que tu devais l'appeler dès que tu aurais une minute. Tu penses qu'ils vont nous laisser aller à la patinoire avec d'autres chiens ? La dernière visite nous a permis de boucler huit adoptions !

Diana était une femme adorable. Elle avait la quarantaine, était divorcée, et sa fille était à l'université. Elle était petite, assez ronde, ses cheveux bruns frisés étaient courts, et elle était digne de confiance. Elle était la seule personne du refuge qui connaissait les détails horribles du dernier mois de Liam. Elle avait souffert de cette perte avec moi. Et maintenant, bénie soit-elle, elle ressentait le besoin de me guider de nouveau dans le monde de la romance.

— Ouais, c'était une très bonne idée. Ils semblaient ouverts à l'éventualité que cela devienne régulier, mais puisqu'ils sont en pleins play-offs, nos visites vont être limitées.

— Eh bien, il a dit qu'il voulait te parler le plus tôt possible.

Je sifflai pour appeler Bucky.

— Peut-être que je vais directement aller à la patinoire.

— Tu commences à être un peu claustrophobe dans ton bureau ?

Elle me lança un regard entendu.

— Juste un peu, confessai-je.

J'attachai une laisse sur Bucky, une fois qu'il eut arrêté sa petite danse « ONVADANSLAVOITURE ».

— Je reviens dans une heure. Appelle s'il se passe quelque chose d'important.

Elle me poussa vers la porte. Bucky et moi traversâmes le parking, nous interrompant pour discuter avec une famille regardant Fifi, une femelle caniche, qui avait été renversée par une voiture, deux mois plus tôt. Elle était âgée et sa guérison avait été lente, mais maintenant, elle était en forme et cherchait son foyer pour toujours.

Une fois que j'eus accompagné l'homme et la femme dans le bureau, Bucky me guida vers la vieille Jeep Cherokee. Je l'attachai en premier, puis passai la ceinture sur mon torse. Je pris une inspiration.

— Pourquoi ma Jeep sent-elle toujours le chien ?

Je regardai Bucky. Il m'observa en retour.

— Tu as besoin d'un bain.

Il couina légèrement. Bucky détestait l'eau, mais il adorait la neige. Elle pouvait fondre sur lui sans que ça le dérange, mais si vous remplissiez une baignoire, il se cachait derrière le canapé.

— D'accord, alors qu'est-ce que tu veux écouter ? Earth, Wind & Fire ou Kool and the Gang ?

Il choisit le premier. Je le savais. Ce chien aimait autant ce groupe que moi.

La circulation était fluide à cette heure de la journée. Les conducteurs du matin étaient arrivés à bon port et le déjeuner n'était que dans quelques heures. Je regardai mon téléphone, ne remarquant aucune nouvelle de mes grands-tantes, Dieu merci, et je lançai le best of de Earth, Wind & Fire.

Nous partions vers le nord de la ville, nous amusant et chantant, puis j'entrai sur le parking de la patinoire East River et me garai à côté de la même porte par laquelle j'étais passée quand j'étais venu auparavant. Il n'y avait personne dans le coin, juste des voitures, sacrément chères.

— Je parie que cette Jaguar, là-bas, ne sent pas le chien, dis-je à Bucky.

Il éternua.

— Oh bon sang, *Shining Star*.

J'adorais cette chanson. Je montai le volume et commençai à danser sur mon siège. Je serais bien sorti pour exécuter une petite chorégraphie, puisque j'étais assez doué, mais le faire sur mon siège et chanter allait devoir être suffisant. J'aimais bien chanter. Le pasteur Bert, dans mon église, pensait que j'avais une belle voix. Bien sûr, il le disait à chaque membre de la chorale, mais je prenais ça à cœur.

Je hurlai les paroles par les vitres ouvertes, appréciant sacrément mon temps de liberté loin du bureau. Quelqu'un me donna une claque sur le bras. Ce fut douloureux. Je veux dire, cela me fit vraiment mal. Je jetai un coup d'œil sur la gauche et là se tenait un grand Russe que j'avais rencontré à plusieurs reprises. Stan. Le gardien des Railers. Il souriait largement.

— Je danse aussi ! Comme Dick Clark !

J'ouvris la bouche devant ce grand animal remuant des fesses sur le parking. L'homme avec lui, qui était plus mince et avait la tête pleine de boucles blondes, gloussait devant lui, mais il ne lui demanda pas une seule fois d'arrêter.

— Je fais des milk shakes pour faire venir les gars chez moi, hurla Stan.

Cette phrase suffit à me faire éclater de rire. Bucky aboya bruyamment, captant les vibrations joyeuses.

— Mec, c'est clair que tu vas avoir tout un tas de gars chez toi, dis-je à Stan.

Je sortis de ma Jeep et pris la laisse de Bucky.

— Merci. Je suis bon pour secouer mon faiseur d'argent. Le chien est pour nous ?

Stan s'accroupit pour passer ses doigts sur la tête douce de Bucky.

— Stan, on ne peut pas encore avoir de chien, déclara le blond.

— Oh, non, mais bientôt. On gagne coupe et on a toutou. Gros. Comme ça, mais moche avec grandes dents.

— Je ne suis pas sûr qu'on puisse trouver un chien moche avec de longues dents, avouai-je.

— Ouais, on ne cherche pas de chien moche, Stan, répliqua le blond.

Il tendit la main. Je la lui serrai, puis il éloigna Stan, entrelaçant ses doigts avec ceux du grand Russe. Eh bien. Il y avait vraiment des gays *partout*. Je me souvenais avoir entendu parler du coming out de Tennant Rowe, mais je n'avais rien su de celui du gardien. Je n'étais pas un fan des Railers. Mon cœur battait pour l'équipe de hockey de Washington, puisque j'étais né et que j'avais vécu à D.C.. Je n'avais emménagé ici qu'après l'université, pour garder un œil sur mes deux grands-tantes plus âgées.

Des tantes qui étaient horriblement silencieuses aujourd'hui.

Je vérifiai de nouveau mon téléphone, ne voyant aucun message de la police ou des voisins, et je décidai de profiter d'une journée paisible et tranquille.

— Gentil chien.

Je marquai une pause à côté de l'entrée des joueurs en entendant la voix profonde qui arrivait derrière moi. Il y avait quelque chose dans la voix de cet homme… le timbre de basse ou la façon dont il parlait. Je n'étais pas sûr de savoir ce que c'était, mais la dernière fois qu'il m'avait adressé la parole, mon corps avait eu le même genre de réaction. Une chaleur latente dans mon ventre fut suivie par un frisson de peur glaciale.

— Merci.

J'eus envie de regarder fixement la porte. Ou de courir. Je ne pouvais cependant faire ni l'un ni l'autre, donc je me tournai vers l'homme à barbe. Bon Dieu, il avait l'air féroce. Comme un Viking, avec des yeux perçants et une aura qui hurlait qu'il était un berserker. Il était plus grand que moi. Il faisait bien dix centimètres de plus et pesait au moins trente kilos de plus également. Il portait un costume, tout comme Stan et Erik, mais le sien était incroyablement beau sur sa carrure baraquée. Il portait une veste bleu foncé avec une cravate argentée et une chemise blanche. Ses biceps étiraient le tissu qui peinait à les contenir.

— Il s'appelle Bucky.

Là, je venais de parler à l'homme qui faisait bondir mon cœur dans ma poitrine comme une grenouille sur une autoroute.

— Comme l'acolyte de Captain America ?

Il baissa les yeux vers mon t-shirt usé avec le bouclier de Captain America dessus.

— Exactement.

Il fit un autre pas en avant, ce qui le fit entrer dans ma petite bulle d'espace personnel, son regard et le mien se rivèrent l'un sur l'autre. Je me mouillai les lèvres et relevai légèrement le menton. Je n'allais pas laisser un joueur de hockey m'intimider.

— Il est mignon ce chien. Et son propriétaire est canon.

Il me lança un lent et long regard, puis caressa Bucky et me contourna. Moi, l'homme taciturne qui essayait de digérer le fait que celui qui lui faisait peur venait de dire qu'il était canon.

— Tu entres ou tu apprends à ton chien à ouvrir les portes par télépathie ?

— Je suis ici pour voir Layton Foxx.

— Ah ouais ? Eh bien, je suis ici pour participer à un entraînement matinal.

— Je sais qui tu es. Max van Hellren. Tu jouais pour Washington, il y a quatre ans.

Il ouvrit la porte et me regarda d'un air ennuyé.

— Ouais, c'était moi. Tu aimes Washington ?

— C'est l'équipe de ma ville natale.

Bucky aboya pour attirer mon attention. Max sourit. Toute la férocité qui émanait de lui se dissipa lorsqu'il sourit. Ce mec était vraiment très beau.

— Peut-être que je peux te faire changer d'avis quant à l'équipe que tu soutiens, Monsieur Je-suis-fan-de-Washington.

— Ben. Je m'appelle Ben.

Il acquiesça une seule fois, sa main gardant toujours la porte ouverte.

— Ben. J'aime bien. Ça te va bien. Alors, tu entres, ou est-ce qu'on va continuer de flirter, là, devant Pete ?

Un agent de sécurité nous observait derrière la porte. Il m'adressa un clin d'œil. J'eus envie de mourir. Sur-le-champ.

— Je ne flirte pas, crachai-je.

Je contournai Max et Pete pour aller trouver Layton Foxx. La détermination brûlante dans ma poitrine m'empêcha de regarder si Max me matait les fesses. J'espérais que ce soit le cas et à la fois, je priais pour que ça ne le soit pas.

Chapitre 2

MAX

Je suivis Le Grand Homme Sombre Magnifique dans la patinoire, plutôt déçu quand il tourna à gauche, se dirigeant vers les bureaux administratifs, tandis que je devais me traîner dans les entrailles du bâtiment pour rejoindre les vestiaires. Je n'étais pas stupide. Il y avait une étincelle, là, avec Ben-le-fan-de-Washington, et vous savez, l'amour c'est l'amour, le sexe c'est le sexe. Il était certain que j'aimerais tester cette deuxième option avec lui. Bien sûr, il allait devoir laisser son chien hors de la chambre, mais nous pouvions trouver un moyen.

Pourtant, cela n'avait pas d'importance. Nous étions les Railers, l'équipe portant le plus grand drapeau arc-en-ciel de l'histoire de la NHL, mais je n'allais pas pour autant flirter avec des inconnus si des gens pouvaient nous voir. J'avais une réputation de gros dur à entretenir, et flirter était à la fois doux, sexy et torride.

— Je peux te dire un mot ? demanda le coach Madsen quand je sortis de l'ombre.

C'était comme s'il m'avait attendu.

— Je ne suis pas en retard, me défendis-je.

Je regardai ma montre juste pour vérifier. Dès que je vis que j'avais en fait au moins une heure d'avance, je sentis une peur familière s'insinuer en moi et je dus m'empêcher d'appuyer une main sur ma tête.

Personne ne le sait. Personne ne le saura jamais.

Coach Madsen, ou Mads, comme nous l'appelions dans l'équipe, fronça les sourcils à cause de ma réaction exagérée.

— Non, bon sang, calme-toi… Je ne suis pas un principal d'école et tu n'es pas en retard. Je voulais juste voir avec toi quelques vidéos du match de samedi.

Le soulagement m'envahit aussi rapidement que la peur l'avait fait, et pourtant, je faisais tout pour donner l'impression que rien au monde ne m'inquiétait. Je n'aurais plus à mentir très longtemps. C'était ma dernière année dans le hockey. Je le savais, le coach Madsen le savait. Bon sang, toute la NHL était douloureusement et vocalement consciente que ce défenseur, de plus de trente ans, faisait son dernier tour de piste dans une équipe d'espoirs.

Peu importait que les Railers aient passé le premier tour de la Coupe Stanley, le but étincelant de chaque joueur de hockey. J'étais toujours un homme proche de la sortie dans une équipe qui n'avait toujours pas entièrement fait ses preuves au sein du championnat. L'année dernière, ils étaient arrivés jusque-là et avaient été éliminés. Cette année, ils m'avaient.

Oh, et il y avait le merveilleux Ten, ainsi que Toly, Dieter et le pauvre Arvy, coincé à la maison avec un genou bousillé, et Stan dans les cages et… ouais, il n'y avait pas que moi, mais quiconque regarderait mes antécédents dans la ligue saurait que je pouvais faire une différence.

Si je ne m'effondre pas et ne meurs pas sur la glace, déjà.

Quelle belle façon de se montrer mélodramatique.

— D'accord, Coach. Tu veux qu'on se retrouve après l'entraînement ?

— Il n'y a qu'une petite chose… Viens, tout de suite, dit Mads.

Il commença à marcher vers le bureau qu'il partageait avec l'entraîneur des gardiens. Il s'attendait à ce que je le suive et je m'exécutai. Je respectais terriblement Jared Madsen. Un solide défenseur. Il aurait été jusqu'au bout avec une équipe qui l'aimait s'il n'avait pas eu de problème cardiaque. Il avait alors choisi d'arrêter, désirant plus de la vie que l'adrénaline du jeu. Il avait ensuite trouvé Ten, donc il allait bien, il vivait son rêve par procuration avec son amant et en étant le meilleur entraîneur de défenseurs avec qui j'avais jamais eu le bonheur de travailler.

Pourquoi aurais-je envie d'abandonner mes patins, même avec mes problèmes ? Je n'avais personne pour combler le vide que laisserait l'absence de hockey. La gloire et le succès m'attendaient dans un avenir proche, et rien ne se mettrait en travers de mon chemin.

Même si un petit arrêt au stand avec le propriétaire fort, sexy et mignon du chien qui avait attiré mon regard ne me dérangerait pas.

Mads s'assit à son bureau et fit tourner sa chaise, appuyant sur un bouton pour lancer la vidéo.

— Là, déclara-t-il en me montrant l'écran du doigt.

C'était un autre match des Flyers. Tout ce que nous avions fait ces dernières semaines, depuis que nous avions gagné notre place dans les derniers tours du championnat, c'était de regarder des vidéos. Nous avions tiré au sort l'équipe de Philadelphie pour le prochain match et nous devions obtenir autant d'informations que possible pour prévoir notre tactique de jeu. Le coach Benton ne pensait qu'au processus de préparation, il voulait qu'on joue sans avoir à s'inquiéter des sales coups de l'autre équipe. Son mantra était que si nous jouions correctement, nous aurions de plus grandes chances de gagner.

Mais nous voulions tous cet avantage, cette petite chose qui pourrait illuminer un peu notre chemin.

— Tu vois ?

Mads fit un geste avec un pointeur laser.

— Tu vois comme ils perdent le contrôle sur le rebond, ici ? Si tu pouvais te faufiler, tu pourrais le récupérer et le transmettre sans perdre Ten du regard.

— Relance la vidéo.

Je m'assis au coin du bureau, m'assurant de ne pas y poser tout mon poids, au cas où ce foutu meuble s'effondrait. Je n'étais pas l'un de ces défenseurs légers sur leurs pieds qui récupéraient élégamment le palet face aux attaquants de l'équipe adverse. J'étais un broyeur, le poids lourd qui n'avait pas peur de prendre des coups et de les rendre directement. J'étais un instigateur, un défenseur, l'homme qui pouvait s'engager dans un match un peu ralenti et donner à l'équipe l'élan pour se battre. C'était comme un retour aux anciens mauvais jours du hockey, et chaque équipe avait besoin d'un élément comme moi quand elle avait des phénomènes de cette génération tels que Ten.

J'étais doué dans ce que je faisais, et le problème là-dedans, c'était que lorsqu'on était vraiment doué en tant que défenseur, on était opposé aux attaquants et buteurs les plus doués de l'autre équipe. Bon sang, c'était difficile de suivre des mecs comme eux. Comme Ten, par exemple, mais heureusement pour moi, j'étais dans son équipe maintenant.

Les coachs m'avaient associé à Ten, je surveillais ses arrières et pour ça, je savais que Jared me respectait.

Je prospérais grâce au respect, à ma réputation de héros, aux rugissements de la foule et à mes coéquipiers qui aimaient ce que je faisais pour leur équipe.

Dieu seul savait ce que je ferais quand ce serait terminé. Je ne pouvais pas être entraîneur, comme Mads. J'aurais tout le temps envie d'être sur la glace, à muscler mon jeu pour me préparer au prochain match.

— Alors, qu'est-ce que tu en penses ? demanda Mads en lançant la vidéo pour la troisième fois.

Je voyais bien ce qu'il me montrait, je devais arrêter de penser à la suite malheureuse de ma vie pour me concentrer sur l'instant présent. J'étais à la patinoire, et notre match suivant, contre les Flyers, était imminent.

— Je pense qu'ils devraient y aller mollo sur l'orange, déclarai-je d'un ton malicieux, en référence à la couleur vive de leurs maillots.

— À propos de…

— Je sais ce que tu veux dire, je le vois bien, je vais travailler là-dessus.

Comme c'était avec Ten que j'allais voir ça, j'ajoutai ensuite ce que Mads voulait entendre, selon moi.

— J'irai prendre le palet, mais je ne les laisserai pas atteindre Ten.

— Je ne m'inquiétais pas pour ça, me mentit-il, droit dans les yeux.

— Bien sûr que non, mentis-je en retour.

C'était ainsi que nous fonctionnions.

LORSQUE JE QUITTAI le petit bureau, me dirigeant vers les vestiaires, je tombai face à face avec Stan, à quatre pattes dans tout son équipement de gardien. Il avait les fesses en l'air et était aux petits soins avec le chien que Ben avait amené avec lui. Aucun signe de son maître pour le moment.

Stan parlait russe au chien, qui avait roulé sur le dos, exposant son ventre pour qu'on le caresse. Je compris un seul mot, le nom de Noah, puis un grand nombre de voyelles et de consonnes étrangement prononcées qui ne voulaient rien dire pour moi.

J'avais joué avec une centaine de Russes pendant ma carrière et ils avaient tous une place dans mon cœur, ces mecs musclés avec un langage étrange qui n'avait aucun sens pour moi.

— Tu aimes ? demanda Stan.

Je me rendis compte qu'il avait levé les yeux vers moi, ce grand dadais tout niais.

— Les chiens ? m'enquis-je.

Je m'accroupis pour jouer avec Bucky, puis j'entendis Ben l'appeler. Il était doux, chaud et me rappelait ce sale cabot que nous avions quand j'étais enfant, un croisé colley et labrador qui ne me quittait jamais. Je n'avais pas honte d'admettre que lorsque Scooter était mort, quand j'avais onze ans, j'avais pleuré pendant des jours. À l'époque, j'étais déjà à l'entraînement, appelé dans l'équipe de la AHL rattachée aux Hawks, mais j'avais pleuré comme un bébé pour le chien qui avait été le mien.

— J'adore les chiens, dis-je simplement et directement.

— Je vole lui, plaisanta Stan. Tu dis pas à Erik.

Je me levai et souris en regardant le Russe et le chien qu'il voulait voler.

— Je pense que Ben aura quelque chose à redire là-dessus.

Quand on parle du loup, on en voit la queue.

Layton Foxx arriva à ses côtés. En vérité, je n'avais jamais vu deux hommes si beaux se tenir l'un à côté de l'autre.

J'ai vraiment besoin de trouver quelqu'un pour me débarrasser de ce picotement d'envie. Il faut que je m'envoie bientôt en l'air, avant de m'enflammer spontanément.

— Le voilà, dit Ben.

Il tendit la main vers la laisse.

— J'arrête de le surveiller pendant une minute…

Stan sembla si déçu que Ben soit là pour récupérer le chien que c'en fut comique. Je n'avais pas eu l'intention de rire, pourtant cela arriva.

Stan souffla et s'en alla. Je restai donc avec Ben, Layton et le chien dans le couloir vide.

— Comme on se retrouve, lançai-je à Ben.

Je grognai intérieurement. *C'est nul.* Mon jeu de séducteur n'était tellement pas à la hauteur.

Je contournai le maître de Bucky, ce qui ne fut pas facile, et on pouvait m'en vouloir, mais j'appuyai un peu plus que nécessaire sur son bras pour passer. Il recula, trébuchant presque sur son chien, et je l'agrippai pour l'empêcher de tomber sur Layton. On pouvait parler d'instinct de hockeyeur, ou peut-être que j'avais juste besoin de poser les mains sur lui. Qui pouvait le savoir ? En tout cas, j'étais là, et je le tins jusqu'à ce qu'il se débarrasse de moi en haussant les épaules. Puis il me tourna sèchement le dos.

— Alors, il y aura toute l'équipe sur le calendrier, ou est-ce que je peux choisir qui je veux ? s'enquit-il auprès de Layton.

Ils s'en allèrent en parlant. J'entendis mon nom et un gloussement de la part de notre responsable des médias avant qu'ils se dirigent vers la cuisine.

— Attention, cria quelqu'un.

Je me baissai juste à temps pour éviter le ballon de football qui allait m'atterrir en pleine tête. Je le récupérai et le jetai à Westy et Mac.

— Foutus bleus, marmonnai-je.

Je forçai le passage entre eux, ignorant leur rire, tout comme j'avais ignoré ceux de Ben et de Layton.

Personne ne riait du grand dur qui jouait en tant que défenseur.

Lorsque je fis tomber les deux bleus sur la glace au début de l'entraînement, je sentis que c'était justifié, puisque je vis dans leurs yeux qu'ils avaient compris la leçon que je leur avais donnée.

Si seulement je pouvais coincer Ben, sur la glace et sous moi, alors qu'il se tortillerait et jurerait en me regardant.

Ce serait vraiment très bon.

L'entraînement fut difficile. Notre premier match dans les phases finales se jouait chez les Flyers, ce qui signifiait que nous allions devoir prendre l'avion, aller à l'hôtel et gâcher tout le rythme de notre journée. Nous allions gérer, en fin de compte, puisque tout ça ne concernait que le hockey.

Ten me coinça dans un coin, autant qu'on puisse le faire sur une piste de glace ovale.

— Est-ce que Mads t'a montré le...

— Oui.

— Et est-ce que tu as...

— Oui.

— D'accord.

Nous cognâmes nos poings, puisque nous nous soutenions l'un l'autre. J'avais vu des gamins arriver et être qualifiés de prochaine grande génération alors qu'ils étaient encore dans les jupons de leur mère, mais Ten avait l'intelligence, la vitesse d'un joueur de hockey et tout le monde l'appréciait sincèrement.

Enfin, sauf la section de fans des Railers qui avaient l'impression que Ten était défini par ce qu'il faisait avec sa queue. Crétins.

J'avais déjà entendu quelques-uns des chants de certains joueurs de l'équipe d'en face, juste assez pour savoir quels salauds je devais éclater contre les panneaux entourant la patinoire. Personne ne parlait assez fort pour se faire chopper, aucun ne parlait assez clairement, mais c'était toutefois très facile de commenter la sexualité d'un homme.

Je préférais utiliser mes muscles plutôt que mon cerveau quand il s'agissait de faire ce qu'il fallait.

Cela ne signifiait pas pour autant que j'étais écervelé.

C'était juste que mon esprit faisait tourner beaucoup de choses et ce n'était pas bon. Je ne voulais même pas y penser.

— Encore, ordonna Mads.

Il me demandait, ainsi qu'à James « Westy » Sato-West, un tout nouveau venu de l'équipe des mineurs, de nous attaquer tous les deux à Ten. Cette petite merde passa quand même entre nous deux et lança dans les filets un palet que même Stan ne pouvait arrêter.

Ten cria, il l'avait bien mérité, et s'arrêta ensuite juste à côté de moi.

— Vous aurez plus de chance la prochaine fois, plaisanta-t-il en souriant.

— Petit con, jurai-je.

Mais je souriais, parce que, bon sang, je me sentais vivant ici.

Nous terminâmes avec ce que j'appelais affectueusement le « cercle ». Nous nous mettions tous autour du logo rond des Railers, mettant un genou à terre et écoutant les choses à faire ainsi que les plannings.

Nous prenions l'avion le lendemain. Le vol décollait à dix-sept heures. Un hôtel nous était assigné. Il y avait un entraînement optionnel chez les Flyers, le matin du match. On nous avait dit de ne pas aller sur la glace demain, de passer du temps à la salle de sport, de travailler avec les thérapeutes sur les problèmes persistants, puis nous devions nous préparer à partir.

Certains des mecs étaient épuisés et pleins d'ecchymoses après une saison difficile. Nous avions besoin de prendre soin de nous, mais j'aurais aimé que nous puissions patiner un peu demain, tôt, quand la glace était fraîche et que j'étais le premier dessus.

Juste moi, la glace et les fantômes des acclamations de notre dernier match faisant écho.

Je fus le dernier sur la glace. C'était ce que je faisais dans toutes mes équipes. Cela ne me dérangeait pas de savoir quand nous entrions sur la patinoire et dans quel ordre, je n'étais pas superstitieux, mais quand il s'agissait de quitter la glace après l'entraînement ? J'étais toujours le dernier.

Dieu seul savait pourquoi. Peut-être que c'était cette part de moi qui me poussait à porter la même chemise tous les jours où nous avions un match, ou une cravate particulière quand nous jouions contre Los Angeles et qui nous permettait de gagner. La superstition au hockey était une chose étrange.

Je le vis avant qu'il me voie, ou du moins, il regardait dans l'autre direction, faisant des formes avec ses mains alors qu'il parlait à Layton, qui lui souriait comme s'il racontait la meilleure blague du monde.

J'eus envie d'avancer vers eux et de voir s'ils se moquaient de moi, mais je ne le fis pas.

Pas au début, en tout cas. Seulement, quand Layton décrocha son téléphone portable, Ben se retrouva tout seul et j'envisageai de l'éloigner de sa meute.

J'utilisai tous mes meilleurs mouvements, venant du côté où il ne pouvait pas me voir, trébuchant presque sur son chien et me glissant sans aucun effort entre Ben et Layton, qui prenait son appel un peu plus loin.

Ben et moi. Seuls. Enfin.

— On devrait aller boire un café. Ou une bière. Ou prendre une chambre d'hôtel, annonçai-je.

Parce que, bon sang, la vie était trop courte pour tourner autour du pot. Ben pouvait dire oui ou me donner un coup de poing au visage, et je pouvais supporter les deux.

— Tu ne comprends jamais les allusions, n'est-ce pas ? demanda-t-il.

Il enroula la laisse de Bucky autour de sa main, prêt à s'en aller.

— Tu sais que tu me trouves canon.

— Nom de Dieu, tu es tellement arrogant…

Je me penchai contre lui.

— Je ne tourne pas autour du pot. Tu es sacrément canon et j'ai envie de te baiser jusqu'à demain.

— Et si j'avais envie de te baiser, *moi* ? cracha-t-il.

Puis il blêmit quand il se rendit compte de ce qu'il avait dit.

Mon Dieu, je bandais tellement que mon pantalon coupait la circulation de mon sang. L'idée qu'un homme se lance et prenne les choses en main était exactement mon genre de truc.

— Ça me plairait, chuchotai-je.

— Pourquoi est-ce que tu joues avec moi, comme ça ? demanda-t-il, horrifié, en regardant autour de lui. Est-ce que c'est un genre de blagues débiles ? Un jeu ?

— Pas de blague, et, Ben, je ne joue pas.

Quelque chose dut résonner en lui parce qu'il arrêta de marcher et il y eut quelque chose dans son expression, un espoir, un besoin. Il ressentait la même chose que moi.

— Max…

— Je serai au Blue. C'est un bar sur…

— Je sais où c'est.

— J'y serai à vingt heures. À toi de voir.

Je ne lui laissai pas le temps de discuter ou de me contredire. L'offre était là. Nous pouvions nous retrouver au Blue, prendre un verre, nous parler, peut-être nous envoyer en l'air contre un mur. Dans tous les cas, j'avais trouvé une façon de m'insinuer dans l'esprit de ce bel homme. Une simple promesse : *je ne joue pas*.

— Attends, m'appela-t-il quand je partis vers les vestiaires.

Je ne m'arrêtai pas. J'avais tout dévoilé, maintenant c'était à lui de savoir ce qui arriverait ensuite.

Chapitre 3

BEN

CE FUT LE PLUS LONG JOUR DE MA VIE.

J'avais passé des heures à débattre et à me plaindre, alternant entre le oui et le non quant à la question : devrais-je retrouver Max ? Il m'avait fallu argumenter jusqu'à seize heures pour finalement prendre ma décision. Oui. Un verre avec le grand homme qui me regardait comme si j'étais un filet mignon. Pourquoi ? Parce qu'il y avait un courant vif et chaud, et cela faisait des années que je n'avais pas ressenti cet éclat.

Je sortis du bureau à dix-huit heures, une heure après la fin « officielle » de ma journée que je n'avais jamais vraiment respectée parce que j'étais *manager du refuge*. J'avais ajouté soixante minutes à cette torture.

— Qu'est-ce que je lui dis quand j'arrive ?

Tu lui dis que tu as envie de le baiser jusqu'à ce qu'il s'évanouisse. Puis tu le prends, ou tu le pousses à te prendre, jusqu'à ce que l'un de vous deux perde connaissance. C'est simple comme bonjour.

— Ce n'est pas une question à laquelle j'avais vraiment besoin d'une réponse, cerveau.

Bucky me jeta un coup d'œil alors que nous dévalions Allison Hill et passions à côté des rangées de maisons de briques rouges que mes deux grands-tantes considéraient comme leur territoire.

— Je me parle à moi-même. Reprends ce que tu faisais.

Le malamute me lança un regard entendu et retourna à sa distraction précédente, qui était de coller son museau dans le trou de quinze centimètres au-dessus de la vitre, la bave volant parfois pour recouvrir ladite vitre et éclabousser mon bras.

M'arrêtant à un feu rouge, je jetai un coup d'œil à l'heure sur l'autoradio. Dix-huit heures quinze. Pourquoi étais-je si obsédé par le temps aujourd'hui ?

Tu sais pourquoi.

— D'accord, sérieusement, je vais te faire fermer ta bouche, cerveau !

Bucky fit rouler ses billes bleues dans ma direction, les poils au-dessus de ses yeux tremblant dans une expression qui semblait être de l'amusement.

— Ce n'est pas drôle.

Non, ce n'était pas marrant. Pas du tout. Je m'étais ridiculisé pour un homme. Ça n'était pas arrivé depuis… toujours. Depuis Liam.

— D'accord, alors ce qu'on va faire, c'est qu'on va se retrouver pour boire un verre. On ne va pas s'envoyer en l'air.

Bucky aboya par la vitre.

— Non, tu vois, s'envoyer en l'air, ça ne marche qu'avec les hommes sans nom. Max a un nom. Enfin, d'accord, ouais, les autres hommes en avaient un aussi, mais ils ne m'ont pas donné l'impression que je venais de gober un poisson rouge quand je pensais à eux.

Le feu passa au vert alors que je montais le volume pendant une chanson lente de Lionel Ritchie. Je continuai de parler tout en conduisant. Lorsque je sortis de mon monologue embrouillé, nous étions à environ quatre pâtés de maisons de chez moi. Je rejetai le picotement de peur ressenti après m'être rendu compte que je venais de conduire pendant dix minutes sans faire attention une seule fois à mon environnement. J'allais me faire tuer à cause d'un homme aux yeux couleur whisky et à la voix ressemblant à une tronçonneuse paresseuse.

Allison Hill était un quartier difficile, du moins il l'avait été. C'était encore le cas dans certains coins, mais d'autres zones s'étaient maintenant embourgeoisées. Et au sud d'Allison Hill, il y avait des maisons abandonnées remplies de squatteurs, avec beaucoup d'accros qui dormaient sur des lits de seringues vides et de rêves brisés.

Le mauvais côté de la ville était la raison pour laquelle j'avais déménagé après avoir obtenu cet épatant diplôme en administration d'entreprise avec une spécialité en science animale. Mes deux grands-tantes du côté de mon père avaient vécu ici toute leur vie. Lorsque le crime avait commencé à s'étendre dans leur quartier, au lieu de déménager à Washington D.C., comme mes parents les avaient suppliées de faire, elles s'étaient simplement accrochées comme des tiques et avaient commencé à défendre les habitants de cette ville. Cela leur avait attiré beaucoup de problèmes avec les criminels qui ne voulaient pas que les rues soient nettoyées. Apparaît alors Benton Worthington, neveu extraordinaire et payeur de caution pour deux femmes déchaînées qui devraient tricoter chez elles et préparer des cookies plutôt que jouer les justicières sociales à presque quatre-vingts ans.

L'offre d'emploi de Crossroads était arrivée avant même que j'emménage, ce qui avait été un miracle, mais on ne remettait jamais des bénédictions en question. On remerciait simplement Dieu.

Et je l'avais fait, chaque jour ces dernières années. J'avais mon travail, Liam, une bonne santé et une vie comblée rien que pour moi. La vie était agréable. Si agréable que j'avais rapidement obtenu une promotion. Seulement deux ans après être devenu le manager du refuge, le propriétaire, qui était âgé et malade, nous l'avait offert, à Liam et moi. Nous avions discuté, manigancé, supplié, emprunté et étions passés à deux doigts de voler pour payer l'acompte. Légalement, tout avait été réglé après un transfert de propriété. Nos testaments à tous les deux stipulaient que si l'un de nous mourait avant l'autre, le refuge revenait alors à l'époux survivant. Nous ne soupçonnions pas que l'un de nous disparaîtrait, à peine quelques années après.

Lorsque Liam était mort, cet éclat luisant s'était éteint sur mon existence. Tout comme la passion, les sentiments et l'attirance torride pour un autre homme. Tout était parti. Jusqu'à ce que je croise le regard de Max van Hellren et que je voie le feu et la vie dans ses yeux.

Bucky gémit et je regardai fixement notre maison en passant à côté.

— Merde ! La prochaine fois, dis-le-moi *avant* que je dépasse la maison. Pardon, ce n'est pas de ta faute. C'est uniquement de la mienne.

La queue de Bucky tapa contre le siège. Je fis le tour du

pâté de maisons, me garai sur ma place attitrée devant la rangée de maisons de ville et détachai mon chien. Il bondit hors de la Jeep et trottina jusqu'au numéro vingt, sachant que nous irions voir comment allaient les deux femmes avant de retourner dans notre propre petite demeure.

Mes tantes étaient dans la cuisine, assises à la table. La pièce sentait le café et la rébellion.

— Pourquoi on manifeste cette semaine ? demandai-je.

Je déposai un baiser sur l'une des joues tannées de chaque petite femme. Elles avaient les cheveux gris, les yeux ridés et elles étaient aussi minces que des whippets. Aucune d'elle ne s'était mariée et elles n'avaient jamais eu d'enfants.

— Les salaires injustes, répondit Tante Carol (la plus jeune, avec ses soixante-dix-sept ans).

Son pinceau bougeait avec confiance au-dessus d'un piquet de grève vierge.

— Ce salaud de sénateur Rudy veut voter une baisse du salaire minimum. Ces politiciens blindés de thunes ne savent pas qu'un salaire minimum plus élevé voudra dire que les pauvres pourront acheter plus de choses, ce qui aidera les petits commerces et fera baisser la criminalité, puisqu'il n'y aura plus de voleurs si tout le monde est payé décemment.

Tante Glenna (la plus âgée, avec ses quatre-vingt-un ans) agita une main en direction du micro-ondes.

— Il y a des côtelettes de porc et du gratin de pommes de terre pour toi.

— Merci, mais j'ai mangé un morceau au travail.

C'était un mensonge, je n'avais rien mangé depuis le petit déjeuner. Mon estomac était trop noué pour que j'avale quoi que ce soit. Je jetai un coup d'œil à l'horloge sur le mur. Dix-neuf heures dix. Je devais bouger, sinon je risquais d'être en retard.

— Si tu es libre samedi, viens manifester avec nous, dit Carol.

Sa langue était coincée entre ses dents alors qu'elle peignait un genre de slogan sur sa pancarte. Je commençai à reculer à petits pas vers la porte à l'arrière.

— Ouais, viens nous rejoindre quand on fera la révolution contre les chefaillons, renchérit Glenna.

Elle agrafa ensuite un poster sur une planche de bois.

— Je suis presque sûr que plus personne ne dit « chefaillon », commentai-je.

Je jetai un coup d'œil à l'horloge.

— Et si je me fais arrêter, qui va payer vos cautions pour sortir vos fesses de là ?

— Il n'a pas tort, répliqua Carol en peignant.

— Tu vas bien, chéri ? Tu n'as pas l'air dans ton assiette.

Glenna tendit la main pour prendre la mienne.

Je lui lançai un sourire tremblant.

— C'est juste une petite hypoglycémie.

Elles arrêtèrent toutes les deux de s'affairer sur leur pancarte et me lancèrent *ce* regard. Celui rempli de frustration.

— Benton, chéri, tu as encore trop couru ?

Carol me regarda au travers de ses lunettes à doubles foyers teintées.

— Tu sais que faire des joggings en été te provoque des malaises.

— Une fois. C'est arrivé une fois.

Je levai un doigt pour illustrer mon propos, puis me

glissai vers la porte, Bucky m'attendant avec son nez aplati contre la vitre de la porte.

— Et c'était seulement parce que je ne m'étais pas hydraté comme il fallait. Je dois courir pour rester en forme. À cause de mon travail, je reste derrière un bureau…

Je soupirai. J'abandonnai. Nous avions déjà évoqué mon besoin de courir un millier de fois. Je n'allais pas changer d'avis.

Les deux femmes m'adressèrent des regards renfrognés.

— Je dois sortir ce soir. Vous pouvez surveiller Bucky quelques heures et le faire sortir ? Merci. Bonne soirée !

Je courus, trébuchai sur le chien et faillis tomber la tête la première.

— Tu vas où, Benton ?

— C'est un rencard ?

Mon Dieu, sauvez-moi de ces deux vieilles femmes.

— C'est juste une réunion. Sur les cages pour chien.

J'attrapai la laisse de Bucky et nous nous précipitâmes jusqu'à la maison voisine.

Ma minuscule demeure était étouffante. Bucky mangea son dîner, puis se blottit sur le lit pour faire une sieste, pendant que j'ouvrais les fenêtres, me douchais, me rasais et essayais de trouver des vêtements qui disaient que, peut-être, j'étais intéressé, mais pas fou de désir.

— Alors, des vêtements qui mentent, dis-je à mon reflet dans le miroir accroché à la porte de mon armoire.

Je choisis une chemise en coton bleu à manches courtes. Liam disait que c'était ma couleur. Puis j'enfilai un jean, propre, mais pas repassé, et des mocassins. Peut-être une montre ? J'ouvris mon tiroir à sous-vêtements et elle se trouvait là. La petite boîte carrée en velours dans laquelle j'avais déposé mon alliance, il y avait tout juste deux mois.

Soudain, j'eus l'impression d'être un traître. Je m'assis sur le lit, à côté de Bucky, ouvrant doucement le velours plissé. Le petit anneau en or fin scintilla devant mes yeux dans le soleil de fin d'après-midi. Je le passai à mon doigt, fermant les yeux, les souvenirs me submergeant. Le jour où Liam m'avait fait sa demande, juste après notre remise de diplôme à l'université, nous avions planifié sauvagement d'aller nous marier au Canada. Je me souvins aussi de la pure joie ressentie lorsque nous avions échangé nos alliances et nos vœux. Je frottai mon doigt sur le cercle d'or poli. Je me remémorai le petit frère de Liam, Rolf, arriver avec fracas dans la petite salle que nous avions louée en revenant aux États-Unis. Rolf, cet intolérant narquois, qui n'arrivait jamais à décider ce qui le rendait le plus malade : que son frère épouse un *pédé* ou que son frère épouse, et c'était ses mots, un pédé *noir*. Enfin, il n'utilisait pas le mot noir, puisqu'il aimait balancer le terme le plus vexant qu'il pouvait pour décrire ma couleur de peau. Peu importait que Liam soit également gay. Tout était de ma faute. À cause de moi, son frère avait fait fausse route.

— Ce mec était un satané idiot, dis-je à Bucky.

Mon chien roula sur le dos, donc je frottai son ventre pendant un moment, laissant les souvenirs s'effacer, juste un petit peu. Le chien s'assoupit et je jetai un coup d'œil au réveil à côté du lit.

— Merde !

Je me précipitai hors de la chambre, attrapai mon portefeuille et mes clés sur la console de l'entrée. Je sortis ensuite, promettant à Bucky que je serais là dans une heure.

J'entrai sur le parking du Blue, sur South Cameron Street, presque trente minutes plus tard. Me garer fut une épreuve pénible, mais je trouvai enfin une place derrière. Je pris une inspiration, soufflai, et laissai les mélodies soyeuses des *Miracles* me submerger.

— OK. Tu vas boire un verre avec un mec sexy. Tu gères, Benton.

Au moment où j'entrai dans le bar, je sentis ses yeux de prédateur sur moi. J'eus l'impression que des cougars avaient repéré un agneau en train de gambader dans le pâturage.

Max me regarda avancer vers lui, sirotant un verre droit qui contenait un liquide d'une couleur ambre. Les tables étaient toutes occupées, tout comme les box le long des murs. Max se tenait dans le dernier, à côté du juke-box.

— J'ai cru que tu allais me poser un lapin, dit Max.

Je m'assis en face de lui.

— J'ai dû travailler tard.

Il fit un signe de main en direction du barman en continuant de boire. Il tira la langue pour récupérer la dernière goutte de liquide et cette vue me transperça le corps jusqu'à l'entrejambe, le coinçant dans les doigts chauds du désir.

— Du whisky et de l'eau, commandai-je au barman.

Max sembla ravi par mon choix de boisson.

— Je suis content que tu sois venu, murmurai-je.

Un sourire se dessina sur ses lèvres lorsqu'il parcourut mon corps du regard. Les coins de sa bouche se relevèrent avant de revenir en position initiale.

— Alors, tu t'es marié depuis ce matin ?

Je fronçai les sourcils, avant de me souvenir de l'anneau à mon doigt.

— Oh, euh, non. Je l'essayais et j'ai oublié de l'enlever.

— Tu prévois de te marier, alors ?

Son comportement était un peu plus froid, maintenant.

— Non, *j'étais* marié. Il est mort. Je me sentais…

Je me penchai en arrière quand le serveur plaça mon verre devant moi. Je payai et l'homme partit.

— Je ne suis pas sûr de savoir ce que je ressentais.

— Toutes mes condoléances.

Il sembla sincère. J'acquiesçai, récupérai ma boisson et croisai son regard.

— Tu es sûr que tu as envie de ça ?

Je vidai mon verre cul sec.

— Je pensais qu'on pouvait parler. Qu'on pouvait apprendre à se connaître.

— Si c'est vraiment ce que tu veux. Enfin, si c'est pour ça que tu es venu, alors je serai heureux de bavarder, mais ce que je sens vibrer entre nous n'a pas grand-chose à voir avec de la discussion.

Un frisson d'envie ruissela sur ma chair. Il avait raison. Il avait tort. Il était bien trop viril pour être réel.

Je me glissai hors de ma grande banquette, rivant mon regard au sien. Il me suivit vers la porte. Aucun de nous ne parla jusqu'à ce que nous soyons devant ma Cherokee. Puis je me retournai pour le regarder.

— Je pensais qu'on pouvait discuter ici. Pour voir s'il y avait cette étincelle…

Il tendit sa très grande main vers moi, attrapant ma nuque. Le baiser fut brutal, affamé, féroce. Un peu comme lorsqu'il jouait au hockey. Il me coupa le souffle et paralysa mes sens, puisque, visiblement, quand nos langues s'étaient emmêlées et nos dents heurtées, nous avions réussi à tomber dans la voiture. Impossible que nous ayons assez de place. Nous étions sur le parking d'un foutu bar. Des gens pouvaient passer et nous voir. Cela ne nous arrêta pas. J'imagine qu'aucun de nous n'avait une très grande logique.

— Ferme la portière, haletai-je quand nous nous séparâmes dans notre folle précipitation pour nous toucher.

Heureusement, il réussit à la fermer sans coincer nos jambes. Max était sous moi, ses mains repoussant maintenant ma chemise, l'écartant sur mon torse nu. Alors que sa bouche s'installait sur mon téton gauche, je trouvai la manette et le siège plongea aussi bas qu'il le put.

— Tu as le goût du péché pur, murmura-t-il.

Puis il tira puissamment sur mon téton. Mon dos se tendit. Je roulai des hanches après avoir passé mes jambes de chaque côté de lui. Mon sexe raide bougea contre son érection. Il prit une inspiration, attirant plus d'air frais sur mon téton sensible.

— Tourne-toi.

— Non. Quoi ? Oh merde.

Il me poussa brutalement. Nos jambes étaient bien trop longues pour ces conneries, mais nous réussîmes à nous démêler. Je me penchai pour suçoter sa bouche avant de me retourner. J'avais le goût chaud du whisky single malt sur la langue. Sa barbe épaisse avait éraflé mon visage. Embrasser. Je n'avais pas fait ça depuis que Liam était décédé. Mes coups d'un soir ? Non, il n'y avait pas eu de baiser pour eux. Cela rendait les choses trop personnelles, à mon avis. Le goût et la pression de la bouche d'un autre homme sur moi me manquaient.

Il avait de la force, mais était doux, si cela avait du sens. Il tirait, poussait, déchaîné pour que je prenne la position qu'il voulait, mais il ne me fit pas sentir une seule fois que j'étais coincé.

— Enlève ça.

Les mains sur mes hanches, il baissa mon pantalon, ainsi que mon plus beau boxer en même temps. Mon Dieu, on étouffait dans cette voiture. Ses mains parcoururent mes fesses, caressant les globes serrés, sa peau rêche accrochant à la mienne. Parfait.

— Besoin d'un préservatif.

Il se releva en mettant la main dans sa poche arrière.

Je bataillai et tirai jusqu'à libérer une de mes jambes, puis je me penchai, les bras sur le tableau de bord, les fesses ouvertes et en manque d'affection. Lorsque je l'entendis déchirer l'emballage du préservatif, puis cracher dans sa main, je gémis.

— Oui… oh bon sang, oui, geignis-je.

Je m'agrippai au tableau de bord, alors qu'il me mettait en position. Il cracha de nouveau. Mes yeux roulèrent dans leurs orbites, jusqu'à l'arrière de mon crâne. La sueur perla sur mon front et ma lèvre supérieure.

— Assieds-toi sur moi, Ben. Doucement. Merde. Oh merde, tu devrais voir ça…

Il me fallut toute ma force pour ne pas m'évanouir à cause de la pure délectation de la verge de cet homme me brisant en deux.

— Ton cul est parfait. Ouais, c'est bon, assieds-toi, maintenant. Doucement, doucement. Si torride.

Il donna un coup de reins vers le haut, guidant son sexe si loin en moi que je criai, puis il grogna :

— Chevauche-moi. Plus fort. Ouais, c'est bon, mec. Oh que oui. Tu es bon.

Avec ses doigts enfoncés dans mes hanches, nous nous envoyâmes en l'air comme des bêtes, mon torse cognant contre le tableau de bord quand il me pénétrait, son genou tapant contre la portière chaque fois que je me baissais pour m'empaler sur lui. Nous nous arrêtâmes à plusieurs reprises pour qu'il crache dans sa main et lubrifie sa verge, puis je me remettais sur lui, vraiment impatient de ressentir l'étirement et la brûlure.

— Tu es proche ?

— Ouais, soufflai-je.

Je roulai des hanches, son sexe profondément plongé en moi. Max émettait ce bruit guttural chaque fois que je le faisais. Je gémissais aussi.

Il passa un bras transpirant autour de moi, me soulevant. Ma tête heurta le toit de la voiture, puis je me cambrai pour m'allonger contre lui, mes bras étirés vers l'arrière, derrière son crâne, mes mains sur le tissu du repose-tête.

— Reste assis là et continue de bouger tes hanches comme ça.

Sa voix était encore plus rocailleuse maintenant. Il enroula son poing autour de ma verge.

— Merde, mais tu es mouillé, marmonna-t-il contre ma peau en étalant mon liquide préséminal sur l'extrémité de mon sexe.

— Jouis pour moi, maintenant. Reste immobile. Jouis pour moi et laisse ton beau cul m'aspirer et me tirer vers le haut. Oui. Vas-y, Ben. Ouais, c'est ça, chéri. Oh oui. Merde. Ah, merde.

L'orgasme arriva rapidement. J'éjaculai chaudement et

violemment, des bruits confus et à peine humains m'échappèrent. Max s'agrippa à moi avec sa main gauche, sa poigne légèrement douloureuse, ce qui rendit mon extase encore meilleure.

Ses dents se posèrent sur ma nuque et il me mordit en jouissant. Je me tortillai, me sentant poisseux à cause de la transpiration et étant couvert de ma propre semence. Mon orifice le comprimait fermement, cherchant d'une façon obscène à obtenir jusqu'à la dernière goutte de son sperme.

— Ah, bon sang, m'exclamai-je.

J'étais épuisé, en sueur, recouvert de transpiration et de jouissance, mes muscles se contractant puis se relâchant encore et encore.

— Putain de bel homme, gronda Max à côté de mon oreille, tandis que nos va-et-vient frénétiques diminuaient.

Je restai assis. Ou peut-être que j'étais allongé ? Peu importait. Mon dos était contre son torse, son sexe était si profondément en moi que reprendre ma respiration fut difficile. Je fermai les yeux, me délectant de la situation.

— Je crois que j'ai joui sur le tableau de bord, chuchotai-je enfin.

Max gloussa. Ce fut un petit rire obscène qui me fit sourire. Merde, mais cela avait été fantastique. Bordélique. Oui, bordélique. Oh merde. Si bordélique, poisseux, brutal, tout comme le sexe devrait l'être.

— Nous n'avons jamais parlé de nos statuts.

Cela brisa plus ou moins ce sentiment de bien-être tout beau tout rose. Max marmonna quelque chose contre mon épaule, donna un coup de langue chaude sur mon cou transpirant, puis se retira de moi.

— Pardon, ouais, la situation est devenue un peu hors de contrôle.

Je tombai du côté conducteur, mon pantalon pendant sur une jambe, mes fesses au-dessus de l'espace entre les deux sièges. Je me tendis pendant une seconde quand je sentis ses doigts parcourir ma raie. Il frotta mon orifice de deux doigts épais, les plongeant en moi. Je frissonnai et me repoussai contre ses phalanges, réclamant d'en avoir plus en moi. Des doigts, son pénis, sa langue… peu importait. Tant qu'il rentrait de nouveau en moi.

— Je suis négatif. Je fais toujours attention.

— Hm, hmm.

Je ne pouvais pas parler pendant qu'il me doigtait si gentiment.

— Comme ça ?

— Ouais, tellement. Moi aussi. Négatif. Utilise un autre doigt.

Je sentis de nouveau son gloussement grivois, puis, malheureusement, il se retira et tapota affectueusement mes fesses.

— Allons dans un endroit privé. Avec un peu plus d'air.

— Je peux te donner de l'air.

Je gigotai sur mon siège jusqu'à ce que mon pantalon recouvre mes fesses et que je sois assis face au volant. Max se pencha vers moi et m'embrassa, sa main tombant sur mon sexe toujours à l'air libre.

— J'ai besoin de mes clés.

— Je n'habite pas loin. J'ai ce qu'il faut. Du lubrifiant. Des préservatifs. Des jouets. Je suis simple. J'ai seulement envie d'avoir un peu plus de toi.

— Où sont mes clés !?

Je plongeai la main dans les poches avant de mon pantalon. Mon téléphone glissa par terre et commença à sonner.

— Oh bon sang, non…

Je grognai quand la sonnerie familière d'un de mes amis (un très bel homme, membre de la police de Harrisburg) s'éleva dans la voiture.

— Je dois répondre.

— D'accord, vas-y.

Il s'enfonça de nouveau dans son siège, sa main toujours posée sur ma verge.

Je plaçai mon téléphone contre mon oreille.

— Dwayne, si mes tantes sont en garde à vue, dis-leur que je serai là dans une heure.

— Plutôt trois, me corrigea Max.

Il caressa mon pénis qui recommençait à durcir.

— Trois heures. Dis-leur que je serai là dans trois…

— Ben, ce ne sont pas tes tantes. C'est le refuge. Il a été vandalisé. Le verre de la porte d'entrée a été brisé. Quelqu'un qui passait à côté nous a appelés au moment même où le système de sécurité a commencé à sonner. Il faut que tu viennes nous dire si quoi que ce soit a été volé.

— Merde !

Je jetai un coup d'œil à Max, qui comprit que les choses n'allaient pas se dérouler comme nous l'aurions aimé, et qui relâcha donc mon membre.

— D'accord, j'arrive dans trente minutes. Merci, Dwayne.

— Pas de problème, mec.

Je raccrochai après avoir parlé à ce flic qui avait adopté deux de mes chiens les plus âgés pour ses enfants.

— Quelque chose ne va pas ?

Mes clés maintenant en main, je démarrai la Jeep et ouvris les vitres, impatient de respirer l'air, certes nauséabond mais frais.

— Des soucis au refuge. Des vandales. Je dois y aller.

Je regardai à droite, sûr qu'il serait énervé, mais il semblait serein. Il transpirait et son grand sexe était toujours sorti, mais il paraissait calme.

— Tu veux recommencer ? demanda-t-il.

— On pourra le faire dans un lit la prochaine fois ?

— Ouais, on pourra.

Nous nous rhabillâmes et remontâmes nos braguettes, et je tendis la main vers lui. Je saisis sa bouche et il répondit avec passion. Lorsque nous nous séparâmes, son regard brûlait de nouveau.

— Donne-moi ton téléphone.

Je ne le contredis pas et le regardai taper quelques chiffres et prendre un selfie pour le mettre sur sa fiche de contact, puis il s'envoya un message avec mon téléphone et me le redonna.

— Maintenant, on a le numéro l'un de l'autre. Je t'appellerai quand on reviendra de Philadelphie, mon beau.

Il tapota mon visage, doucement, puis quitta la Jeep, fermant la portière et disparaissant.

— Nom de Dieu, chuchotai-je.

Je pris juste un moment pour essayer d'afficher un visage qui ne montrerait pas aux flics que je venais d'être pris dans tous les sens sur un parking. J'avais besoin de plus de climatisation. Vite.

Chapitre 4

MAX

Le coach Benton ne bougeait pas. Il ne faisait pas les cent pas dans les vestiaires comme mon dernier entraîneur principal. Il ne nous maudissait pas comme celui que j'avais eu encore avant. Après douze ans dans la ligue et sept équipes différentes, j'avais vu des coachs faire les cent pas, crier, jeter des objets et même pleurer. Mais l'entraîneur Benton était hors compétition.

— Bon, nous avons perdu, résuma-t-il.

Il parla doucement, calmement, les mains relâchées le long de ses flancs.

Ouaip. Ce n'est que trop vrai, nous avons perdu.

Nous étions à égalité, trois buts chacun, puis les Flyers en avaient mis un autre dans nos filets à vingt-trois secondes de la fin du temps additionnel. J'étais sur cette foutue glace. C'était moi qu'ils avaient réussi à esquiver pour mettre un but.

Le coach allait péter un câble. Je jetai un coup d'œil à Mads, l'entraîneur des défenseurs, qui se tenait là, les bras croisés sur son torse, observant simplement la pièce. Je n'arrivais pas à le cerner non plus. J'aurais cru qu'il allait consoler Ten, qui était avachi devant son casier, donnant l'impression que quelqu'un lui avait volé tous ses jouets et les avait brûlés devant lui.

— C'est le premier match, continua le coach. Nous rejouons dans deux jours et nous pouvons gagner. Nous avons bien joué ce soir. J'ai vu beaucoup de gestes tactiques très malins.

Puis il partit et Mads le suivit, tout comme les autres assistants et Julio, le mec qui s'occupait de l'équipement et qui échangea un regard avec moi en sortant.

J'avais passé du temps à parler à Julio, hier, dans l'avion. Après tout ce temps à la NHL, avec mon expérience dans des équipes variées, je savais que la première personne avec qui on devenait ami, c'était celui qui était responsable de l'équipement. Achetez des cafés, des pâtisseries et laissez-les sur l'autel d'affûtage des patins, ils comprendront alors que vous les respectez.

Julio prenait sa retraite cette année, il en avait vu autant que moi, même s'il avait la soixantaine et que ses cheveux grisonnaient alors que je n'avais que trente ans. Pourtant la retraite m'attendait à la fin de la saison.

Si j'arrivais jusque-là.

Notre capitaine se leva. Connor n'était pas seulement un joueur brillant, il avait des manières qui inspiraient le respect. Il n'acceptait aucune excuse et il ne nous laisserait pas quitter la pièce jusqu'à ce que nous ayons discuté de tout ça.

— Nous avons manqué de chance, commença-t-il.

Tout le monde acquiesça. Nous savions tous que nous avions bien joué et à part un rebond chanceux pour l'autre équipe, nous aurions pu nous battre sur la glace pour atteindre leur but et la victoire aurait pu être à nous. Il posa le regard sur moi, puis sur mon collègue défenseur, Westy.

— Ce n'est pas de votre faute à tous les deux, déclara-t-il.

Puis il regarda délibérément, Ten, Ads et Larson, chacun leur tour.

— Ce n'est pas de la vôtre non plus. Ce n'est pas parce que le palet est entré quand vous jouiez que vous devez en porter la responsabilité.

Ten acquiesça, et j'en fis de même.

— Maintenant, retournons à l'hôtel, mangeons un morceau et dormons. On revient demain pour l'entraînement.

Du coin de l'œil, je vis Dieter lever la main, comme s'il était à l'école. J'entendis quelques mecs grogner en voyant ce mouvement.

— Lola est ici avec Trent.

— Tu plaisantes ? s'enquit Ten avec un grondement exagéré. Pas Lola. La dernière fois qu'elle est venue avec nous, elle m'a tellement pincé le derrière que je ne le sentais plus. J'aurais préféré que ce soit la joue.

Tout le monde rit. C'était clairement une blague qu'ils partageaient depuis longtemps et que je ne connaissais pas, ayant tout juste rejoint l'équipe.

— Je ne peux rien y faire, se défendit Dieter.

Il sembla mécontent.

— Elle fait partie du package.

— Qui ? demandai-je à Westy.

— La grand-mère de Trent. Elle est venue avec lui pour le match.

— C'est un problème ?

Westy me jeta un coup d'œil de côté.

— Tu verras.

Nous nous douchâmes, nous changeâmes et montâmes dans le bus en moins de temps qu'il n'en fallait pour le dire. Le trajet prit peut-être quinze minutes et l'hôtel était un sacré endroit. Il n'y avait que du marbre poli et du verre. C'était à mille lieues des trous miteux que j'avais fréquentés dans ma vie. J'imaginais que c'était ce qu'on obtenait quand on était aspirants vainqueurs à la Coupe Stanley.

La direction nous fit entrer dans une salle à manger privée et ferma la porte. Nous nous assîmes. Je remarquai que tous les défenseurs s'installaient côte à côte, idem pour les attaquants. Les deux gardiens de but, Stan et son remplaçant, qui s'en allait apparemment à la fin de la saison, si on en croyait les rumeurs, avaient une table pour eux.

Nous commandâmes et la porte s'ouvrit. Je m'attendais à tout, mais pas à ce que je vis. Une petite femme d'un âge indéterminé, serrant le bras maigre d'un jeune homme, entra dans la pièce. Habillée de la tête aux pieds en orange, l'orange des Flyers, elle était si étincelante dans cette mer de mecs en costume.

— On a gagné ! gloussa-t-elle.

Elle écarta les bras en grand. Je vis l'homme s'en aller furtivement par un côté, puis je me rendis compte de qui il s'agissait. Le patineur Trent Hanson, celui qui avait fait l'émission de télé-réalité avec les Railers, l'été précédent. Il alla s'asseoir à la table où Dieter avait tiré une chaise pour lui.

D'accord, donc la grand-mère du petit ami de Dieter était une fan des Flyers.

Quel dommage.

— Vous êtes tous nuls, ajouta-t-elle.

Elle chercha du regard un endroit où s'asseoir. Je vis tout le monde, chaque homme, s'enfoncer sur sa chaise, mais ils avaient de la chance, il n'y avait aucune place libre. C'était justement l'inverse à notre table, et j'entendis Westy jurer à côté de moi.

La Femme Orange Étincelante arriva à notre table et s'assit en face de moi. J'avais passé une saison avec les Flyers, j'avais porté de l'orange, et elle me lança son meilleur regard.

— Lola, se présenta-t-elle.

J'imaginais que c'était son nom.

— Tu n'aurais jamais dû quitter les Flyers.

Ce n'était pas comme si j'avais vraiment eu le choix. J'étais un contractuel, on m'envoyait dans n'importe quelle équipe ayant besoin d'un joueur pour aiguiser ses tactiques.

— J'aime bien être ici, répondis-je, sur la défensive.

Elle souffla et plissa les yeux.

— Tu es dangereux pour mes Flyers.

Je n'allais pas la contredire sur ce point. Je savais ce que je valais.

Puis elle me fit mon procès. Elle était outrageusement entêtée, malpolie, très expressive quant à sa haine des Railers. Je l'adorais. Elle était tellement amusante. À la fin de la soirée, nous étions réconciliés et nous parlions des jours glorieux du hockey, qu'elle avait plus connus que moi. J'adorais le hockey. Je pouvais donner des statistiques, deviner les logos des équipes, me rappeler chaque fois que Mario faisait quelque chose à Wayne ou que Clarke déjouait la tactique de Favell. J'étais une encyclopédie ambulante de faits inutiles sur le hockey.

Au milieu de la tirade de Lola sur le fait que Ten était trop rapide et que ce n'était pas juste pour les autres équipes, la réalité me heurta avec la force d'une tonne de briques.

Que ferais-je sans le hockey ? Qui étais-je sans ma connaissance du jeu ?

Que va-t-il m'arriver ?

Le chagrin s'enroula dans mon torse et resta là pour le reste du dîner. Si quelqu'un remarqua à quel point j'étais devenu silencieux, ils n'en dirent rien.

Lola m'enlaça et me tapota la joue, et non le postérieur, puis elle déposa un baiser sur ma main. Elle ne dit rien, mais j'étais incroyablement ému par tout ça. Soudain, j'eus envie qu'elle m'étreigne pendant que je pleurais à chaudes larmes.

D'où ça venait, ça ?

Puis la peur me frappa. Étais-je triste parce que j'arrêtais le hockey ? Ou était-ce parce que cette chose dans mon cerveau changeait ma façon de voir les choses ? J'étais un dur à cuire, je ne pleurais pas. Quelque chose n'allait pas ?

Je partis dans ma chambre, vraiment ravi de ne pas avoir à la partager. Merci, mon Dieu, ils avaient arrêté de nous mettre à plusieurs dans une chambre. Je me débarrassai de mon costume, prenant soin de le pendre sur un cintre. Je passai un coup de fil, assis là, en sous-vêtement, dans ma chambre chauffée, espérant vraiment que le doc répondrait. Je le payais sûrement suffisamment pour qu'il soit à mon service.

Je tombai sur un service de permanence téléphonique,

mais ils me mirent rapidement en relation, et cinq minutes après avoir eu l'idée de la mort bien centrée dans mon esprit, je parlai à la seule personne qui pouvait me calmer.

— Qu'est-ce qui ne va pas ?

Le docteur Nolan Warner était un expert dans le domaine de la neurochirurgie endovasculaire. Il avait passé du temps à triturer mon cerveau, presque sept ans plus tôt, et je l'avais maintenant en raccourci sur mon portable. Je ne me souvenais pas de la dernière fois où je lui avais parlé. J'ignorais les maux de tête et les étourdissements. J'avais auparavant décidé que je préférais ne pas connaître la vérité.

Mais c'était différent, cette fois-ci. C'était ma dernière année et je ne voulais pas mourir avant de finir. J'avais un travail à faire, une coupe à soulever.

— Max, bonjour, me salua-t-il sur le ton joyeux de la conversation.

— J'ai mal à la tête, laissai-je échapper.

Il y eut un silence. Il m'avait expliqué ce à quoi je devais faire attention : des migraines intenses, une vision brouillée, des vomissements, des pertes de mémoire. Je n'avais rien de tout ça.

— Sur une échelle de un à dix…

— Un, admis-je.

Bien sûr, pour un mec normal, cela aurait pu être un cinq, mais pour un joueur de hockey, la douleur au niveau un n'était rien du tout. Certains joueurs patinaient avec des jambes cassées, donc un mal de tête de niveau un n'était rien du tout.

Il ne soupira pas et ne me traita pas d'idiot parce que je l'avais appelé. Il resta silencieux pendant un moment et je l'entendis bouger pour fermer une porte.

L'avais-je réveillé ? Quelle heure était-il à Vancouver, d'ailleurs ?

— Parlez-moi, dit-il d'une voix douce, mais insistante, caractéristique d'un médecin.

— Quand vous l'avez bloqué, vous m'avez dit qu'il y avait un risque pour que cela revienne.

— Non, je vous ai dit que le travail que j'avais effectué sur votre malformation artérioveineuse particulière m'avait poussé à croire qu'il y avait quatre-vingt-dix pour cent de chance pour que vous n'ayez plus de problème.

— À cet endroit, insistai-je.

Le doc m'avait expliqué que même si l'enchevêtrement de vaisseaux sanguins dans mon cerveau avait été protégé et bloqué, comme un nouveau puits de pétrole, il y avait un petit risque que le problème soit toujours là. Dix pour cent que cela s'empire si je persistais à faire un quelconque sport de contact.

Dix pour cent, je pouvais gérer. Bon sang, j'avais plus de chance de me faire heurter par un bus que de voir échouer le travail compliqué qui avait été exécuté dans mon cerveau. Je ne conduisais plus. Je n'étais pas prêt à être comme une bombe à retardement sur l'autoroute. Mon testament était à jour. Tout ce que j'avais revenait à mes sœurs.

Toutefois…

Sept ans. Maux de tête. Et j'étais si près de la fin de ma carrière.

— Parlez-moi encore de la possibilité de sites secondaires, exigeai-je.

Lorsque les médecins réglaient le problème à un endroit, la pression pouvait augmenter ailleurs. Le pourcentage de risque était mince, mais il était bien là néanmoins. D'où le fait que je ne conduisais pas.

Il ne m'expliqua rien. Au lieu de ça, il soupira.

— Quand venez-vous à Vancouver ?

— Je ne reviens pas, commençai-je.

Après tout, nous ne savions pas jusqu'où nous irions dans les phases finales ni quelle performance feraient les Canucks, ou même si nous les rencontrerions à un moment.

— Max, je voulais dire que vous devriez prendre un rendez-vous à Vancouver. Je vais vous faire passer quelques examens.

Je m'accrochai à ses mots. Il voulait me faire passer des examens. *Il pense que quelque chose ne va pas.* Mon estomac se retourna, ma poitrine se serra, et je me sentis chaud, vulnérable, tremblant, tout à la fois.

— Vous avez dit que je devais être prudent, crachai-je.

Ce pauvre mec avait un malheureux salaud en train de chouiner au téléphone. Qu'est-ce qui n'allait pas chez moi ?

— Max, calmez-vous.

Je m'exécutai. Immédiatement. Comme le chien de Pavlov avec la cloche, je réagis à son ton sévère, à son ordre impitoyable. La tension se déroula en moi.

— Prenez un rendez-vous avec mon secrétariat. Ou ne le faites pas. Prenez l'avion et rendez-moi visite quand vous le pouvez. Ou ne le faites pas. Dans tous les cas, vous devez venir me voir. Mais s'inquiéter à cause d'un mal de tête de niveau un n'est pas réaliste, et je crains qu'il y ait un problème psychologique sous-jacent.

Ce n'était tellement pas ce que j'avais envie d'entendre. Mon cerveau allait parfaitement bien, merci bien.

Enfin, à part la malformation artérioveineuse, le risque de mort et le fait que je perde la tête.

Je dis au revoir au médecin en lui affirmant que je lui rendrais visite, puis je raccrochai.

La pièce était complètement silencieuse. Je n'entendais que ma respiration, je ne percevais pas le bruit de la rue, vingt étages plus bas. Je me sentais inutile. Je devrais dormir, mais la perte du match et mes pensées moroses s'enroulaient dans mon torse, et à cause de cela, je me retournais encore et encore sur le lit. Je finis par me lever, saisis mon iPad et m'assis sur le canapé dans le coin de la pièce, avec un chocolat chaud. Je regardai le journal, jetai un coup d'œil au gros titre merdique, avant de refermer l'application. J'ouvris *Candy Crush*, mais les couleurs étaient trop vives et je n'arrivais pas à me concentrer.

Quelque chose dans le jeu que je jouais me rappela Ben.

De qui me moquais-je ? Chaque fois que j'arrêtais de faire quelque chose qui ne concernait pas le hockey, c'était Ben qui remplissait le vide.

Non seulement j'avais joué avec de nombreuses équipes, mais j'ai aussi fréquenté beaucoup d'hommes. Tout genre d'hommes. Mais Ben était différent.

Simplement, je ne comprenais pas ce qui le rendait différent.

Peut-être que c'était parce que j'étais assis là, dans l'obscurité, fixant un jeu avec des bonbons et pensant au petit coup rapide que j'avais eu dans une voiture avec un Adonis sexy, mince, à la peau sombre. Il était comme un grand verre, et moi, j'étais assoiffé. Peut-être que c'était parce qu'il était tout brillant, tout neuf. Je finirais par l'éliminer de mon organisme.

Je me rappelai des bruits qu'il avait faits, les soupirs,

les halètements, le fait qu'il me guide en lui et qu'il s'abaisse sur ma verge, en voulant encore plus. Et les baisers

Je commençai à bander et je savourai cette attente délicieuse avant de me masturber en pensant aux bruits qu'il avait faits et à la sensation ressentie en le prenant.

Mais d'abord, je voulais voir sa photo, je voulais en découvrir plus. Je me rappelai qu'il gérait un refuge refusant l'euthanasie. Last Roads ? Dog Roads ? Je savais qu'il y avait Roads dans le nom. Je cherchai sur Google « refuge sans euthanasie à Harrisburg » et le trouvai, tout en haut de la liste : Crossroads Anti-Euthanasie.

Sa photo n'était pas sur la page d'accueil. Cet honneur revenait à Diana Pierce, qui avait le statut de Manager du Chenil. C'était une petite femme enrobée avec des cheveux sombres bouclés, et sur ce cliché, elle avait les bras pleins de chiots. Je donnais un peu aux œuvres de charité. Peut-être que je pouvais faire quelque chose pour eux, j'aimais suffisamment les chiens pour ça. Éventuellement, je pourrais mettre une mention sur mon testament qui permettrait au refuge d'obtenir un peu d'argent. Bon sang, puisque j'étais un joueur passant d'équipe en équipe, je ne gagnais pas autant que les superstars, mais à un moment, j'avais gagné deux millions en une saison, donc je n'allais pas cracher dessus.

Je fis défiler les pages, les histoires d'adoption, les témoignages, les informations données par le docteur Vince Owens, et je lus également l'article de la conseillère en adoption, Abby, qui avait décrit la façon dont les chiens impactaient nos vies. Le site était professionnel, informatif, mais je n'avais toujours pas trouvé ce que je cherchais.

Puis je la vis. Une magnifique photo de Ben et de son

chien qui ressemblait à un husky, même si la description indiquait qu'il s'agissait d'un malamute. Il y avait aussi un court paragraphe sur la raison pour laquelle il avait repris le refuge. Je bandai encore plus et posai une paume sur mon sexe. Je donnerais tout pour être sous lui, ici et maintenant. Ou pour le pencher au-dessus d'un bureau, dans un coin. Ou pour le mettre à genoux.

Je ne savais pas sur quoi j'avais cliqué, mais soudain, il y eut une nouvelle photo à l'écran. Ben et un autre homme. Ils ne s'enlaçaient pas, ne se tenaient pas la main, mais Ben le regardait, et la profondeur de l'amour dans ses yeux était évidente.

Je lus l'article et mon érection disparut en moins de temps qu'il n'en fallait à Ten pour parcourir la patinoire lors d'une action.

C'était Liam, le mari de Ben, qui était mort jeune, rapidement et tragiquement, mais qui inspirait Ben quotidiennement à continuer de se battre pour trouver une maison à des chiens. Il était blond, avec des yeux d'un bleu scintillant. Le chiot dans ses bras était une version minuscule de celui qui se trouvait sur la photo de Ben, seul. La légende disait : *Liam, Ben et Bucky*. Je me demandai de quoi il était mort, puis je vis le lien vers l'association luttant contre le myélome multiple. J'en lus davantage et appris que c'était une maladie agressive et évoluant rapidement.

J'avais joué tant de fois au jeu du « et si ». Quand on m'avait dit ce qui n'allait pas chez moi, j'avais demandé si ce serait rapide ou lent. Les médecins n'avaient pas de réponses. Est-ce que je préférais que ça aille rapidement ou que cela s'attarde pendant longtemps ? Si c'était lent, alors j'aurais le temps de dire au revoir à tout le monde. Ma mère, mes sœurs, les amis que je m'étais faits au hockey. J'allais manquer à certaines personnes.

Mais pas à *la* personne de ma vie. Un homme qui m'aimerait autant que Ben avait évidemment aimé son mari, Liam.

J'allai au lit après cela. L'idée de me masturber avait disparu. Le besoin avait diminué jusqu'à être anéanti.

Nous avions perdu un match. Ben avait perdu un mari. Je n'étais pas loin de tout perdre.

Qui diable pouvait dormir après ça ?

NOUS GAGNÂMES LE PROCHAIN MATCH. J'ignorai comment c'était arrivé, mais si nous pouvions mettre en bouteille l'énergie que nous avions eue pendant ce match, nous serions riches. Ten fut le premier à mettre le palet dans le filet quand nous nous retrouvâmes en supériorité numérique. La défense de l'autre équipe était peu soignée, fatiguée… qui pouvait le savoir ? Tout ce dont j'étais sûr, c'était qu'ils nous laissaient passer.

Peut-être que Ten était plus rapide ?

Peut-être que Connor était plus malin ?

Peut-être que les défenseurs des Railers étaient simplement doués ?

Ou peut-être que c'était Stan, qui faisait des arrêts inhumains, effectuant même littéralement une roue à un moment pour attraper un palet en l'air qui avait rebondi sur un poteau.

Il ne laissait rien passer.

Nous gagnâmes par trois buts à zéro, donc chacune des équipes avait gagné un match et nous étions prêts à jouer chez nous, à Harrisburg.

L'humeur dans les vestiaires fut plus légère et je me demandai ce que le coach ferait cette fois. Son ton était plus joyeux, mais son message était le même.

— Vous avez bien joué. J'ai vu de très belles choses sur la glace. Bon travail.

Cette fois, Mads arriva et tapa dans la main de chaque défenseur. Je ne pus m'empêcher de sourire. Même si ma cuisse me faisait vraiment mal, puisque j'avais bloqué un palet avec pour ne pas qu'il rentre dans le filet. Même avec un rembourrage, un projectile allant à cent cinquante kilomètres-heure laissait une marque.

— Va te faire examiner, insista Mads en pointant ma cuisse du doigt. On prend l'avion dans deux heures, mais je veux que tu y mettes de la glace et que tu répares ça.

Il n'y avait rien que je puisse faire pour *réparer* l'ecchymose que j'avais, mais nous pouvions au moins tenter de l'amoindrir. Ten vint avec moi. Il avait pris un sacré coup contre les panneaux de protection pendant une attaque puissante, alors que j'étais sur le banc, crevé après mon changement. Le coach l'avait laissé sur la glace et il avait été pris pour cible par nos adversaires. Pauvre gamin.

— Ce n'est que le début, lui dis-je lorsqu'il grimaça en sentant le froid sur son bras douloureux.

— Ce salaud m'a coupé en deux, marmonna Ten.

Il testa sa main, ouvrant et fermant son poing. Il avait rebondi. Je me souvenais, quand j'avais son âge, que j'étais prêt à conquérir le monde et à trouver ma place.

— Fais attention à toi, répondis-je.

J'aurais aimé ne rien dire du tout, puisque Ten m'observa ensuite étrangement.

— Tu n'as pas l'air bien, observa-t-il. Nous avons gagné.

— Une victoire ne veut pas toujours dire que tu rentres à la maison avec le sourire.

Je me rendis compte que je parlais comme un idiot, comme un faux monsieur Miyagi, et Ten me le fit remarquer de la meilleure des façons. Il ricana, puis le rire devint plus fort. Il n'arrivait pas à arrêter de rire et bientôt, je me joignis à lui.

— Ce sont de bien sages paroles, réussit-il à déclarer entre deux gloussements. Fais-le, il n'y a pas d'essai.

Il faillit se faire dessus avec cette dernière phrase. Je jurai et je ne pus m'empêcher de me sentir plus léger avec lui.

Quand nous quittâmes la salle de thérapie physique, nous gloussions et échangions de bons mots tirés de films. Pour un jeune, il connaissait beaucoup de vieux films.

Quand je le lui fis remarquer, il me regarda comme si j'étais un idiot.

— Max van Hellren, un mètre quatre-vingt-huit, cent kilos, défenseur, droitier, soixante et une sélections en ligue majeure, trente ans. C'est ça ?

— Tu as mémorisé toutes ces conneries ?

— Oui, répondit joyeusement Ten. Mads n'arrêtait pas de dire qu'il te voulait dans l'équipe et il ne nous laissait pas tranquilles avec ça. Ce que je veux dire, c'est que tu n'es pas beaucoup plus vieux que moi. C'est quoi le problème avec vous, les gars, et votre obsession sur mon âge ?

Il rit de nouveau et je voulus lui donner un petit coup, mais il m'esquiva.

— Trop lent, mon vieux, se moqua-t-il.

Il s'en alla en courant. J'aurais pu le poursuivre, mais j'étais fatigué. Je fis rouler mon cou et le suivis à un pas plus endormi.

Le vol du retour fut tranquille. Nous avions deux jours avant notre prochain match contre Philadelphie, à domicile, et à part m'entraîner et dormir, il n'y avait qu'une autre chose que j'avais envie de faire.

Voir Ben.

J'IGNORAIS COMMENT j'avais pu tenir si longtemps. Après l'entraînement, je pris un taxi pour parcourir la petite distance entre mon appartement et le refuge, les mots du coach se rejouèrent dans ma tête.

Il voulait que nous fassions attention à Ten. Que nous protégions Ten. Et pas seulement Ten, mais également ceux qui avaient les meilleures chances contre cette équipe douée. C'était ce sur quoi je me concentrais quand le taxi me déposa devant les grilles du Refuge Anti-Euthanasie Crossroads. Il y avait une sonnette et j'appuyai dessus.

— Bonjour, puis-je vous aider ? demanda une voix féminine.

— Je suis venu voir Ben, annonçai-je.

C'était un fait.

— Puis avoir votre nom, monsieur ?

— Max.

Pendant un moment, je crus qu'elle allait m'en demander plus, mais c'était un refuge ouvert aux visiteurs, non ? Alors, ils laissaient entrer les gens. Y compris un joueur de hockey excité.

J'attendis patiemment, et Diana, la brune souriante du site Internet, arriva vers moi.

— Je suis désolé, monsieur, le refuge n'est pas ouvert aux visites avant quinze heures aujourd'hui et Ben est dehors avec de nouveaux arrivants. Puis-je vous aider ? Vous souhaitiez adopter ?

Je pouvais mentir, lui dire que je voulais accueillir un chien, mais je ne pouvais pas offrir de foyer à un animal pour l'instant. Il serait à nouveau seul s'il m'arrivait quelque chose.

— Non, c'est une visite personnelle.

Elle cligna des yeux en me regardant. Clairement, c'était une nouveauté pour elle, puis elle eut l'air indécise, son regard se portant sur la droite, là où Ben devait apparemment travailler. Je pouvais simplement avancer et aller le trouver, mais je voyais bien que cela la mettrait sur les nerfs quant à la sécurité du lieu. J'interrompis ses pensées.

— Pouvez-vous dire à Ben que Max, le joueur de hockey, est là pour lui ?

Elle acquiesça et se retourna pour partir, mais elle n'en eut pas besoin.

— C'est bon, cria Ben au bout du chemin à notre droite. Viens, Max.

Je souris à Diana et, quand nous nous séparâmes, elle sembla beaucoup moins inquiète.

Il me serra la main.

— Pardon. L'acte de vandalisme nous a tous rendus nerveux.

Je me demandai ce que la minuscule Diana pourrait faire contre un grand homme comme moi. Je pensais que, peut-être, ils devraient augmenter leur niveau de sécurité et ne pas laisser des joueurs de hockey stupides franchir le portail. Mais je ne le dis pas à voix haute. J'étais trop occupé à serrer la main de Ben et à ne pas la relâcher, même lorsqu'il tira sur ses doigts.

Pendant un moment, nous restâmes ainsi, et il inclina légèrement la tête, comme pour réfléchir.

— Il t'a fallu un moment pour me trouver, déclara-t-il avec un petit sourire secret.

— Pardon, je devais aller jouer au hockey, plaisantai-je.

Je relâchai sa main, puis m'éloignai.

— Tu veux voir des chiots ?

J'espérais que c'était un euphémisme pour parler de sexe, mais non, il voulait vraiment que j'aille voir des chiots. Sept petits labradors bien en chair, se tortillant les uns contre les autres en émettant des jappements et sursautant. Je ne savais pas pourquoi ils étaient là ni quelle était leur histoire, mais je fus perdu et, bon sang, j'étais même prêt à tous les prendre à la maison. Tout de suite. Je les mettrais sur le siège passager du taxi, ou à l'arrière, partout où ils voudraient bien s'installer.

Lorsque j'observai Ben, je constatai qu'il me souriait et, merde, je fus perdu.

Parce que ce sourire était puissant.

Chapitre 5

BEN

QUELS YEUX MAGNIFIQUES IL AVAIT.

C'était la pensée qui tournait dans ma tête alors que je récupérais une boule de poils noirs en train de se tortiller et la donnais à Max. Ils étaient d'un marron doré. Époustouflants, vraiment. Toujours chauds. Comme un poêle à bois. J'aimais bien regarder ses yeux. Bon sang, j'adorais le regarder tout entier. J'avais toujours eu un faible pour les sportifs. Liam avait été un sacré bon joueur de tennis et avait même souhaité devenir professionnel, mais ses problèmes de coude pendant l'université avaient mis à mal ce plan.

Hé, ducon. Arrête de penser à Liam. Concentre-toi sur l'homme que tu as ici. Celui qui vit, qui respire, qui a un sourire de tueur et des bras incroyables.

— Tu aimes les chiens ?

Max acquiesça, permettant au chiot de recouvrir son visage de baisers sentant la mauvaise haleine canine.

— Oh, ouais, tu les aimes.

C'était une grande case cochée.

— Les chats ?

— Bien sûr.

Une autre case cochée.

Maintenant, je n'avais plus rien à dire. Merde. Je regardai autour de moi, vers l'arrière du chenil, impatient de trouver un autre sujet de conversation. Max était en train de profiter de son nettoyage de visage en règle, donc il ne remarqua même pas le silence maladroit qui tomba sur nous comme un voile.

Deux garçons sur des vélos passèrent en pédalant à toute vitesse.

— Quand j'avais dix ans, je suis passé par-dessus mon guidon. J'ai eu dix points de suture juste là.

Je montrai le dessous de mon menton. Max tendit la main et l'inclina avec deux doigts épais.

Il embrassa alors la cicatrice. Le désir apparut brutalement dans le bas de mon ventre, la chaleur montant pour réchauffer mes extrémités, ce qui incluait mon pénis.

— Euh, d'accord.

Je restai planté là, des chiots sautant sur mes chaussures, et je permis à cet homme de déposer davantage de baisers sur ma gorge, celui sur ma pomme d'Adam étant plus un suçon. Mon sexe trouva que cela lui convenait parfaitement.

— Quand est-ce que tu te tires ? demanda-t-il d'une voix rêche comme du papier de verre.

— Dès que nous trouverons un endroit où nous serons seuls.

Cela fit glousser Max et je rougis. Généralement, je n'étais pas aussi direct avec les hommes. Il m'avait fallu des semaines pour tourner autour du pot avec Liam, à me ridiculiser, jusqu'à ce qu'il prenne pitié de moi et me demande de sortir avec lui.

— Ce n'est pas ce que je voulais dire.

Il relâcha mon menton et nos regards se croisèrent. Il haussa un sourcil.

— Enfin, si, c'est ce que je voulais dire, mais ce n'était pas censé sortir comme ça. Tu me rends sentimental.

— Et si on allait chercher à manger, qu'on discutait un peu, et qu'on trouvait un endroit où je pourrais te tirer ?

Il posa le chiot avec ses compagnons de portée.

— Je dois d'abord entrer ces petits gars dans les fichiers du refuge.

— J'ai hâte.

Il recula de quelques centimètres, ce qui fut un soulagement. En quelque sorte.

— Pourquoi sont-ils là ?

J'écrivis en vitesses quelques notes sur mon iPad.

— Ils ont été abandonnés sous le pont Market Bridge.

Il écarquilla les yeux.

— Genre, jetés dans la rivière, enfermés dans un sac ?

— Non, heureusement. Ils ont simplement été laissés dans une boîte près de l'eau.

Je fis une moue furieuse.

— Putain, les gens craignent.

— Ça, c'est clair.

Je détournai mon attention des informations d'admission.

— On va les laisser tous ensemble, mais on les isolera des autres dans une partie du refuge réservée aux nouveaux arrivants. Demain, notre vétérinaire viendra les examiner. Il leur fera leurs vaccins et s'assurera qu'ils soient vermifugés.

— Ensuite, tu pourras les aider à trouver une maison.

Je souris.

— Je croise les doigts. Les chiots partent vite. Ce sont les vieux chiens dont personne ne veut.

Son esprit sembla dériver un instant, pensant peut-être à un vieil ami canin qu'il avait eu par le passé. Puis aussi vite qu'il s'était perdu dans ses pensées, il revint à la réalité. Il me regarda, le brasier familier brûlant dans les profondeurs ambre et marron.

— Pardon, j'étais ailleurs.

Je balayai son inquiétude d'un geste de la main et nous allâmes déposer les chiots dans un endroit isolé du chenil, qui était séparé des enclos principaux. Il n'y avait pas d'espace extérieur, puisque nous ne savions pas si les nouveaux arrivants pouvaient interagir en toute sécurité avec les humains. Les chiots se grimpèrent les un sur les autres, heureux de trouver les bols d'eau et de nourriture que Diana avait posés pour eux. Elle était sur le côté, la bouche tordue, nous observant tour à tour, Max et moi, tandis que nous discutions des petits chiens.

Il se tourna vers Diana.

— Vous pensez que je peux le kidnapper ?

— Je crois.

Elle m'adressa un clin d'œil obscène, puis s'en alla.

— Bien, allons manger. Tu as déjeuné ?

— Ah, non, pas encore. Je voulais le faire, mais j'étais plongé dans la paperasse jusqu'au cou. Sortir au chenil pour admettre les nouveaux chiots est le travail de Diana, mais je l'ai suppliée de me laisser faire. Être cloîtré dans le bureau ne fonctionne que quelques heures pour moi.

— Je comprends.

Il me contourna et ouvrit la porte menant aux bureaux et à la salle médicale.

— Laisse-moi aller récupérer Bucky, et on pourra y aller.

— Tu vas amener ton chien ?

— Je ne peux pas le laisser.

J'ouvris la portière et Bucky sortit, agitant la queue, impatient de saluer Max de nouveau. Le grand homme ébouriffa sa fourrure grise en passant une grande main derrière ses oreilles.

— Ça va être difficile de trouver un endroit où manger un morceau avec un chien, me fit-il remarquer.

— Laisse-moi faire.

Une heure plus tard, nous marchions sur les chemins de Wildwood Lake, un magnifique parc qui était composé de zones humides, ainsi que de chemins pour les vélos et pour faire son jogging. Il accueillait les chiens tant que votre cabot était en laisse. Max et moi nous assîmes sur un banc, à l'ombre de centaines d'arbres luxuriants, juste à côté du chemin de jogging, mangeant des sandwichs que nous étions passés prendre, tandis que Bucky attendait au garde-à-vous, observant les écureuils.

J'avais appris beaucoup de choses sur l'homme avec qui j'étais devenu si intime. Nous parlâmes tous les deux de nos enfances, de nos plans pour l'avenir et de notre amour partagé du sport. Il me raconta quelques histoires amusantes sur d'anciennes petites amies et d'anciens copains, ce qui répondait à une autre grande question.

Nos goûts en matière de musique étaient plus ou moins similaires, même s'il me confia qu'il n'était pas très intéressé par ça. Nous aimions les mêmes films et regardions quelques émissions similaires à la télévision. Il n'était pas un très grand lecteur non plus, admit-il, mais il appréciait les thrillers. J'avais un faible pour tout ce qui concernait Stephen King, même s'il m'effrayait vraiment. Max souriait facilement, riait encore plus aisément, et me touchait doucement, d'une façon intime dont il n'avait visiblement pas honte.

Après un petit effleurement de ses doigts sur mon avant-bras, je me penchai pour déposer un baiser sur ses lèvres. Il ne recula pas et ne sembla pas effrayé à l'idée d'être vu en train d'embrasser un homme.

— Tu es prêt à te déshabiller ? demanda-t-il.

Ses mots dansèrent sur mes lèvres.

— Oui.

J'avais rêvé de ce grand homme costaud et poilu allongé sur mon lit, ses cuisses épaisses et ses bras musclés sur ses flancs, s'offrant totalement pour faire ce que je voulais de lui.

Nous conduisîmes jusqu'à chez moi. Me sentant sacrément coupable, j'appelai le refuge, juste pour m'assurer que mon équipe s'en sortait bien malgré mes quelques heures de fuite. Ça n'était jamais arrivé. Jamais. Je jetai un petit coup d'œil en biais, apercevant Max. Je rougis. Cet homme avait comme un effet sauvage sur moi.

Je remarquai que la place de parking de mes tantes était vide et je remerciai Dieu et tous les anges que mes tantes soient en train de s'en prendre à un pauvre sénateur, membre du Congrès ou juge, aujourd'hui. Oui, elles conduisaient toujours. Personne à la préfecture *n'osait* leur prendre leur permis.

Une fois à l'intérieur de ma maison, à la fois grande et étriquée, je m'affairai nerveusement pour ouvrir les fenêtres tandis que Max flânait, observant les meubles bien usés.

— Jolie maison. Chaleureuse. C'est ton mari ?

Il leva une photo de Liam et moi, à l'époque de l'université. Nous étions tous les deux trempés, puisque nous venions de culbuter depuis notre canoë pendant un voyage que nous avions effectué au printemps, sur le fleuve Tioga, au fin fond de la Pennsylvanie.

— Ouais, c'est Liam.

Maintenant, je me sentais poisseux. Comme si je trompais Liam d'une certaine façon en faisant venir Max dans notre maison.

— Tu as toujours envie ?

Mon regard fut arraché aux vieux dessous de verre en liège sur la table basse. Liam les avait achetés quand nous étions allés à New York pour un match des Yankees, quatre ans plus tôt.

— Oui.

Je lui tendis la main. Sa paume calleuse glissant sur la mienne. Je le guidai en haut, dans l'une des deux chambres. Je choisis la mienne, qui était la plus grande. Une petite brise d'été s'engouffra quand j'ouvris la fenêtre. Les bruits du voisinage entrèrent. On percevait des enfants en train de jouer, le bourdonnement de la circulation, quelqu'un en train de crier, le hurlement d'une sirène au loin. De bruits de ville. Max passa son t-shirt par-dessus sa tête. Je tendis la main pour mettre ma photo de mariage contre la surface de la table de nuit.

Mon Dieu, c'était un sacré mec. Large là où il le devait, mince là où cela comptait. Je restai planté sur la moquette, mes fesses contre la commode, alors qu'il enlevait nonchalamment tous ses vêtements, son regard rivé dans le mien.

— J'ai l'air sacrément abîmé à la lumière, hein ?

Je secouai la tête.

— Pas du tout.

Ouais, il avait des cicatrices. N'en avions-nous pas tous ? Ça ne me repoussait pas. Loin de là. Toutes les coupures et les marques de la vie ajoutaient à son allure attirante, tout comme les petites rides dans le coin de ses yeux magnifiques.

Il avança vers moi, de ses longues jambes masculines et de sa démarche prétentieuse. Mon sexe gonfla davantage à chaque pas qu'il faisait.

— Tu es si beau, dit-il.

Ses doigts glissèrent sous mon t-shirt, relevant le col jusqu'à mon menton, puis le tirant par-dessus ma tête. Je tendis la main vers sa verge, enroulant mes doigts autour, jusqu'à la base, puis remontant, caressant la douce extrémité.

Le temps ralentit, du moins, j'en eus l'impression. Sa bouche fondit sur la mienne, ses doigts tirèrent sur mes tétons alors que je le masturbais. Puis le temps accéléra. Je tombai sur le lit, Max sous moi, mon pantalon rejeté sur la commode. Du liquide préséminal salé fuyait de son méat, tachant ma joue alors que je frottai mon visage contre son érection.

Nous roulâmes, nous pelotâmes, nous taquinâmes de nos mains et de nos langues. Je riais quand son genou ou son épaule craquait, tandis que je lui levais les mains au-dessus de sa tête et mordillais son biceps pour atteindre ses aisselles poilues, puis redescendre sur ses côtes.

— J'ai envie de te prendre, haletai-je contre son nombril.

Il se cambra. Je me glissai entre ses fesses et il grogna. Ce fut un bruit excitant, du moins, pour moi. Une voix rauque et essoufflée qui stimulait directement mes testicules, les rendant plus lourds.

— Ouais, prends-moi, Ben.

J'ondulai pour me placer au-dessus de lui, mon torse en sueur collé au sien. Je tâtonnai en essayant d'ouvrir le tiroir de la table de nuit. Il n'y avait pas de préservatifs, seulement du lubrifiant.

— Tu as des protections ? demandai-je.

Il acquiesça.

— Portefeuille.

Un moment plus tard, j'étais de retour dans le lit, écartant ses genoux et les remontant contre son torse, m'excitant en apercevant son anus serré dévoilé pour moi. Mes mains tremblaient tant que dérouler le préservatif s'avéra compliqué. Je mis un peu trop de lubrifiant sur mes doigts, mais il ne sembla pas s'en préoccuper lorsqu'il coula sur la raie de ses fesses. Je devinai que mes doigts glissants en train de décrire des va-et-vient en lui créaient une tache mouillée sur mes couvertures, mais c'était sans importance.

— Prends-moi, Ben. Et ne perds pas de temps à être doux. Je peux endurer tout ce que tu as à me donner et même plus.

Je lui lançai un regard de défi. Il m'adressa un sourire narquois inattendu.

— D'accord, c'est un défi ? Dans le genre : est-ce que ma queue est assez dure pour t'en faire perdre ton latin ?

Je pris ma verge en main et tapotai son ouverture glissante.

— Prends-le comme tu veux, mon beau.

Je le fis donc. Je le pris exactement comme je le voulais. Je le pénétrai, allant aussi profondément que possible. Max grogna de plaisir, ses doigts se resserrant sur ses genoux. Je poussai encore plus loin, faisant rouler mon pelvis en décrivant de petits cercles, impatient de l'entendre émettre de nouveau ce bruit grondant, passionné. Je l'obtins. Et grâce à cela, je me sentis comme un roi. Je me retirai, puis m'enfonçai de nouveau, et fus récompensé par un autre grognement guttural.

— Fais-le jusqu'à ce que je jouisse partout. Ne ralentis pas. Baise-moi, Ben. Fais-moi comprendre que je suis en vie.

Je levai les yeux, arrêtant de fixer l'endroit où nous étions reliés. Ses pupilles ambrées étaient traversées d'émotions que je ne pouvais analyser. Il y avait du désir, bien sûr, mais quelque chose d'autre. De la tristesse ? De la peur.

Il se resserra autour de moi, comprimant mon sexe de ses muscles, et j'arrêtai totalement de m'inquiéter. Ma concentration se reporta sur le rythme, la vitesse, la pression de son corps sur le mien, alors que je donnais des coups de reins dans cet homme tendu et chaud.

— Merde. Ah, merde, merde, merde.

Je soufflai quand je sentis l'élan d'un orgasme imminent s'enflammer. Max était allongé sous moi, trempé de sueur, caressant son érection épaisse en rythme parfait avec mes coups de hanches. Et je jouis. J'utilisai mes genoux pour rester en équilibre pendant mon extase, gigotant encore davantage, devenant fou à l'idée de m'enfoncer encore plus loin, encore plus fort. Il émit un long grognement rauque et explosa sur son torse et son ventre. Quelques gouttes atterrirent sur son menton. Même dans la démence d'un orgasme de classe mondiale, je me penchai sur lui, perdant un peu de profondeur, pour goûter le goût riche et entêtant de sa semence sur ma langue. Je léchai les poils sur son menton, puis plongeai sur sa bouche, ma langue glissant sur la sienne.

— Oh merde, répétai-je quand nous arrêtâmes de nous embrasser.

Max drapa un bras musclé dans le creux de mes reins, puis étira ses jambes, grimaçant légèrement. Il nous fit rouler sur le côté, sa semence poisseuse scellant nos torses. Il dévora ensuite ma bouche comme s'il n'allait plus jamais embrasser quiconque. Je m'accrochai à lui telle une plante grimpante, ne voulant rien de plus que de prolonger cette intimité explosive. Je ne pouvais cependant pas m'attarder pour toujours. La vie avait refait son apparition dans notre petit délice de milieu d'après-midi. Je ricanai en pensant à la chanson *Afternoon delight* dans un moment pareil. Je touchai son visage du bout des doigts, lissant les rides sur son front en commençant à fredonner cette chanson stupide.

— Oh mon Dieu, gloussa Max.

Il retomba sur le lit à côté de moi, tandis que le vent chaud de l'été séchait notre peau.

— Tu es un idiot.

Sa déclaration me fit éclater de rire.

— C'est le genre de pause déjeuner dont j'ai besoin tous les jours.

— Ne m'en parle pas.

Il roula sur le dos et regarda fixement le plafond.

— Un entraînement le matin, de la nourriture, une partie de jambes en l'air avec un mec canon, et une sieste. C'est la perfection.

Je ricanai, puis je dus quitter le lit et l'homme sexy pour me débarrasser du préservatif. Je partis dans le couloir d'un pas léger et me rendis dans la salle de bain. Lorsque je retournai dans la chambre, Max remontait son jean sur ses fesses. Le voir me rendit un peu triste. J'avais espéré lui voler un peu plus de son temps.

Son regard sexy se posa sur le mien.

— Tu crois que tu aimerais venir à notre prochain match ?

Sa demande m'aida à me sentir un peu mieux.

— Enfin, je sais que nous ne sommes pas l'équipe géniale de *Washington* ni rien…

Il ne put dissimuler son sourire. Moi non plus.

CE FUT AINSI que je me retrouvai pris en étau entre un patineur flamboyant, portant du maquillage ainsi qu'un chapeau vert original avec des plumes, et une petite femme ronde asiatique dans un maillot orange des Flyers, lors du match suivant.

— Ah ! Tu as vu ça ? Quel cochon ! Qu'est-ce que tu regardes, toi ?

Je détournai vivement les yeux de la femme courroucée qui agitait son poing en direction de Max, puisqu'il s'en était pris à l'un des joueurs des Flyers.

— *Lola*, arrête de crier sur Benton.

J'essayai d'observer les autres femmes autour de nous qui étaient, je l'imaginais, les femmes et les petites amies des joueurs. Néanmoins, le long faisan en plumes sur le chapeau de Trent me donna un coup dans l'œil.

— Oups ! Pardon. Foutues plumes.

Trent me tendit un foulard d'un vert citron pour que je tapote mon œil larmoyant.

— Alors, raconte-moi tout. Dis-moi comment ça a commencé entre Max et toi.

— Oh, eh bien, euh… nous n'avons pas vraiment commencé quoi que ce soit. Nous ne sommes qu'amis.

Comme si j'allais discuter de la relation entre Max et moi avec un homme que j'avais rencontré trente minutes plus tôt.

— Hmm-hmmm. Vous êtes des sex-friends. *Lola,* qu'est-ce que je t'ai dit sur les gestes que tu fais en direction des Railers ?

— Je fais un doigt d'honneur à Rowe. Il n'a pas été sympa avec mon gars !

La femme minuscule levait ses deux mains en montrant son majeur au-dessus de sa tête.

Trent soupira.

— Elle n'écoute jamais.

Je n'avais jamais vu un homme si extravagant et assumant autant son homosexualité dans ma vie, et j'avais trente ans.

— D'accord, alors revenons-en à Max et toi.

— Il n'y a pas de « Max et moi », répétai-je.

Je loupai presque un tir magnifique vers le but des Flyers, que leur gardien réussit à peine à contrer. Bon sang, Tennant Rowe était rapide. Si son équipe affrontait Washington au prochain tour, ce serait un chahut pas possible autour des cages de mon équipe adorée.

— Oh, ouais, bien sûr, il n'y a pas de Max et toi. Je me

demande pourquoi il a claqué ce fric pour ces places VIP s'il ne te prend pas, ou si tu ne lui prends pas, *le derrière*. Lola ! Je suis sérieux, arrête de faire ça avec ta bouche ! Il y a des enfants dans le coin !

La femme enrobée d'orange étincelant s'assit, marmonnant dans sa langue maternelle. Je ne voulais pas savoir ce qu'elle avait été en train de faire avec sa bouche.

— Écoute, Trent, je sais que ça va te sembler malpoli, mais est-ce qu'on pourrait ne pas parler de ce que Max et moi faisons au lit et regarder plutôt le match de hockey ?

J'agitai mon mouchoir en direction des hommes sur la glace.

— Ah ! Alors Max et toi vous prenez *le derrière* ! Je le savais ! J'ai un sixième sens pour les coquins gay. Je veux des détails. Je parie que c'est un mauvais garçon, au lit.

Bouche bée, j'observai l'homme en vert et jaune.

— Non. Je ne vais pas partager de détails.

— Rabat-joie, ronchonna Trent.

Il rit ensuite doucement. Je soupçonnais que cet homme connaîtrait tous les détails scabreux sur Max et moi avant la fin de la soirée.

Au milieu du match, mon téléphone vibra. Je le sortis de la poche de mon pull à capuche et vis que c'était Diana. Ce qui était étrange. Elle appelait rarement, à moins que ce soit une urgence.

— Attends deux secondes, criai-je dans le téléphone.

Diana avait peut-être dit « d'accord », mais c'était difficile à entendre puisque la foule huait un mauvais coup contre les Railers.

— Tu me raconteras ce qui se passe, criai-je près de l'oreille de Trent. Je dois prendre cet appel.

Il acquiesça. J'enjambai plusieurs paires de pieds et des

gobelets remplis de bière jusqu'à quitter l'allée et je courus ensuite dans les escaliers pour me réfugier dans les toilettes pour hommes les plus proches.

— C'est bon. Qu'est-ce qui ne va pas ?

Nous avions dû faire face à de plus en plus d'actes de vandalisme ces dernières semaines. Du verre éclaté sur la porte d'entrée, des gens essayant de donner des coups de pied de biche dans les fenêtres fermées, et une insulte raciale assez méchante peinte sur le côté du bâtiment, quelques jours plus tôt.

— Je viens juste de recevoir un coup de fil du directeur de SecureGuard Security pour confirmer que nous serions bien au refuge, demain à huit heures, pour que ses techniciens puissent entrer. Tu leur as demandé de passer et tu as oublié de me le dire ?

Je contournai deux hommes qui se lavaient les mains et entrai dans un box.

— Non, impossible. Il n'y a pas assez d'argent dans les caisses pour acheter de nouveaux jouets à mâcher pour les chiens, encore moins pour installer un système de sécurité. Tu leur as dit que c'était une erreur ?

— Oui, mais ils ont dit que l'ordre avait été vérifié et que le total avait été payé. En liquide.

— En liquide ?

Je décalai légèrement mon pied pour éviter une petite flaque d'urine par terre.

— Mais qui diable a autant d'argent qui dort ? Et qui le dépenserait pour nous ?

— Je n'en ai aucune idée. Je lui ai dit que j'allais le rappeler. Qu'est-ce que je lui dis ?

J'entendis quelqu'un tirer la chasse d'eau.

— Est-ce qu'il t'a dit qui avait payé ?

— Un amoureux des chiens anonymes.

— C'est quoi ce délire ?

— N'est-ce pas ? Tu penses vraiment qu'on a un riche bienfaiteur secret, maintenant ? Ce serait incroyable.

— Honnêtement, je ne sais pas quoi penser.

Des conversations de voix masculines s'élevèrent dans les toilettes. Je réfléchis un long moment.

— D'accord, eh bien, on les rappelle et on leur dit de le faire, alors. On dirait que Dieu a décidé de nous sourire, pour une fois.

Je sortis du box et retournai dans les gradins pendant que Diana criait joyeusement. La foule applaudissait. Je regardai l'écran pour voir le ralenti et aperçus Max pousser violemment un défenseur des Flyers contre les panneaux de protection. C'était un coup parfaitement propre, mais brutal, et clairement fait pour passer un message. Je souris en voyant l'éclat évident dans les yeux de Max. Ouais, Dieu nous souriait vraiment dernièrement.

Chapitre 6

MAX

Ayant gagné trois matchs, nous savions que les Flyers étaient hors course et que nous étions en route vers la prochaine étape de la compétition. Je tapotai l'épaule de Lola quand je la vis après le match. Elle paraissait dévastée, et même si Ten la rassura en lui disant que les Flyers étaient une « très bonne équipe », ça ne l'aida pas. Je me souvenais de ce que c'était, lorsqu'on était fan et qu'on aimait passionnément une équipe comme elle et qu'on les voyait perdre.

Nous n'étions pas sûrs de savoir qui nous allions affronter. Les deux autres équipes de notre poule avaient encore un match à jouer. Mais, d'une certaine façon, j'espérais que ce soit Washington, principalement pour pouvoir obtenir des billets afin que Ben puisse voir jouer l'équipe qu'il aimait. Bien sûr, si je partais seulement du point de vue du hockey, je ne voulais pas affronter cette équipe, puisqu'elle était très dure à battre. Je n'avais pas besoin de lire le résumé des commentateurs pour savoir que même si nous avions fini devant, en termes de nombre de points, ils avaient été forts dernièrement, et les Railers seraient les outsiders du match.

Mais une petite partie de moi voulait montrer à Ben de quoi j'étais capable, que j'étais assez bon pour jouer dans une équipe qui pouvait battre celle qu'il aimait.

C'était ridicule, non ? C'était une démonstration de virilité à son paroxysme.

Pourquoi avais-je l'impression que je devais impressionner Ben ? Nous avions réussi à nous retrouver qu'une seule fois, mais cela avait suffisamment bien commencé. Le sexe avait été explosif, génial. Quand nous nous étions allongés sur le lit, nous avions été à deux doigts de nous enlacer, je pouvais le jurer. Mais son téléphone avait sonné. Quelqu'un avait jeté une brique sur une fenêtre du refuge, et il devait partir parce que Diana était en formation et que personne d'autre ne pouvait s'en occuper.

Merde.

Le câlin avait été *si* proche.

J'aimais bien les étreintes. Pas celles qu'on se faisait quand notre équipe marquait un point, ces petits gestes brefs et amicaux, où nos visages en sueur se collaient à ceux des autres, mais les véritables étreintes. Peu de personnes m'avaient déjà tenu dans leurs bras, mais après tout, je n'étais pas loin d'être effrayant.

Je faisais même peur à ma mère. Du moins, je le pensais.

Ma petite mère parfaite. Elle adorait aller aux représentations de ballets de mes deux petites sœurs, organiser des fêtes pour les filles. Il y avait beaucoup de rose dans sa maison. Mais elle ne savait pas vraiment quoi faire de son fils, le gros dur. Peut-être que si papa avait été là, cela aurait été différent, mais il était passé à autre chose pendant ma jeunesse et il était mort, il y avait de ça trois ans, lors d'un accident du travail.

Elle me soutenait dans le hockey, mais ne le comprenait pas vraiment. Elle appréciait que je gagne beaucoup d'argent, que je me sois fait un nom, mais elle détestait que je batte d'autres équipes pour gagner ma vie. J'étais, pour elle, comme un tas de contradictions.

Ma mère et mes sœurs étaient dans les gradins pour notre dernier match et elle avait été vraiment ravie lorsque nous nous étions retrouvés ensuite, mais elle ne m'avait pas enlacé.

Elle n'avait pas non plus étreint Ben, que j'avais présenté comme étant mon ami, en insistant grandement sur le mot *ami*.

C'était une autre chose qui ne plaisait pas beaucoup à ma mère. Elle n'en avait pas fait tout un plat quand j'avais choisi de ramener un garçon à la maison, mais je voyais la confusion dans ses yeux chaque fois que cela arrivait. Elle avait aimé ma petite amie, en première, Jenna. Et Abby, avec qui j'étais sorti quand j'avais signé mon premier contrat. Cependant, elle ne s'était attachée ni à Dan ni à Eric. Il était totalement impossible qu'elle le fasse avec Ben.

Non seulement ça, mais elle et mes sœurs n'étaient pas du tout au courant pour mon problème au cerveau. Quelle en était l'utilité ? Elles commenceraient par me dire que c'était à cause du hockey, alors que ce n'était même pas le cas. J'étais né avec, donc même s'il ne s'agissait pas d'une maladie héréditaire, je pouvais toujours pointer ma mère du doigt et lui dire que c'était sa faute ou celle de papa.

Même si ce n'était pas le cas, et même si je ne dirais jamais une telle chose. N'est-ce pas ?

Alors, ouais, ma famille était un vrai bazar et la veille, j'avais eu envie d'un foutu câlin.

J'envoyai un rapide message à Ben pour lui demander si tout allait bien pour le refuge, puis un autre SMS au vendeur de SecureGuard, qui m'avait pourtant assuré que son système empêcherait toutes ces conneries.

Il me rappela immédiatement, contrit, m'expliquant que ce serait le cas dès qu'ils pourraient étendre le machin du truc. Pour être honnête, je n'écoutai pas grand-chose et l'entendis seulement promettre qu'ils allaient augmenter leur niveau de sécurité et protéger le refuge. Je conclus la conversation en lui rappelant gentiment que j'étais un donateur anonyme et que je m'attendais à ce qu'il s'assure que cela resterait ainsi.

Puis je me reconcentrai sur la journée d'aujourd'hui, sur les affaires que j'allais emporter pour le voyage à Washington, afin de jouer deux matchs. Dans l'avion, je m'assis à côté d'Adler, qui avait une casquette sur sa tête et semblait endormi. Visiblement, notre mec du marketing avait réussi à le garder éveillé de bien des façons la veille.

Je le vis me jeter un coup d'œil quand j'attachai ma ceinture.

— Ce n'est pas bon pour toi, lui fis-je obligeamment remarquer.

— Quoi ? demanda-t-il dans un grand bâillement.

— Les relations sexuelles avant un match important.

— En fait, je n'ai pas pu dormir. J'ai fait tout un tas de cauchemars sur des pingouins d'un orange vif qui me picoraient l'œil.

Il frissonna.

— Et bon sang, est-ce que tu viens juste de dire « relations sexuelles » ?

Il me lança un sourire narquois et je donnai une pichenette sur sa casquette.

— Dors, trouduc, ajoutai-je avec l'autorité d'un homme plus vieux et sage qu'Adler Lockhart.

— Tu es juste jaloux de Layton et moi, murmura-t-il.

Puis il se réinstalla sur son siège.

Jaloux ? De quoi devrais-je être jaloux ? Ouais, Adler et Layton étaient fous amoureux l'un de l'autre, mais j'avais moi-même quelque chose.

J'avais Ben, en quelque sorte.

Ben, qui était, ou bien *je pensais qu'il pouvait être,* plus qu'un coup d'un soir, mais bien sûr, il était bien moins qu'un petit ami. Un ami avec quelques avantages, mais ceux-ci ne concernaient que le sexe.

Malheureusement, cela n'incluait pas les câlins post-coït.

— Regarde !

Stan se pencha au-dessus de moi et me jeta quelque chose au visage. Soudain, je me retrouvai avec les cuisses pleines de dessins.

— Aide-moi choix, m'ordonna-t-il.

Je me rendis compte qu'on ne pouvait pas contredire Stan. Non pas parce qu'il était intimidant, mais parce qu'une fois qu'on essayait de comprendre ce qu'il disait, cela nous faisait perdre au moins dix minutes que l'on ne récupérerait jamais.

J'observai les croquis, qui étaient clairement des ébauches pour styliser un casque, et ils étaient magnifiques. Il y avait le logo des Railers, la vieille locomotive à vapeur avec de la fumée s'élevant sur les côtés, avec son acier et son fer caractéristiques. Mais il avait également de la neige et d'autres choses qui, je le supposais, étaient russes.

— Choisis, dit-il.

— Tu veux que *moi*, j'en choisisse un ?

Je ne savais pas vraiment comment j'avais gagné ce droit, et j'aurais aimé qu'Adler émerge de sous sa casquette.

— Tout l'avion choisit un, expliqua Stan.

Merci mon Dieu. Je n'étais pas certain de pouvoir assumer la responsabilité d'une décision monumentale sur le design du casque d'un gardien. Je les analysai de nouveau et remarquai que les feuilles portaient le logo du dessinateur, le même mec qui, je le savais, faisait les tatouages de mes coéquipiers Railers. Gatlin Pearce. Son travail était assez cool et je notai mentalement son nom pour le contacter et me faire mon propre tatouage.

— Je vote pour celui-ci, dis-je.

Je sortis le plus vibrant des trois croquis.

— C'est bien pour finale, déclara-t-il.

Il saisit le papier et fronça les sourcils en regardant Adler. Il envisagea de le réveiller, mais je secouai subtilement la tête.

J'étais en fait assez ravi qu'Adler soit endormi, cela signifiait que je serais au calme. Donc Stan passa à Ten, qui était assis sur le siège devant moi.

Mon portable vibra et je lui jetai un rapide coup d'œil.

Tout va bien, écrivait Ben. *Dégâts minimes, les chiens vont bien. Le mec de la sécurité vient tout examiner, ce qui est sympa.*

Je réfléchis à la réponse la plus correcte, puis l'écris.

OK.

C'était toujours une bonne façon de commencer.

J'ajoutai un emoji sourire, avant de l'effacer. C'était plus une situation qui nécessitait un pouce levé. En parlant de pouces, les miens étaient bien trop gros pour ces fichues touches de téléphone qui étaient si minuscules. Dieu seul savait comment j'avais pu éviter de jeter ce truc par la fenêtre avant. Il me fallait toujours très longtemps pour écrire quoi que ce soit. C'était la raison pour laquelle les emojis étaient si pratiques. J'ajoutai le pouce levé, puis réfléchis à la façon de formuler le fait que j'aurais aimé un câlin ce matin.

Nom de Dieu, si n'importe quelle équipe adverse pouvait me voir, là, ils n'auraient plus du tout peur du grand défenseur. Ils se moqueraient de moi.

Le petit défenseur veut un gros câlin.

Regardez, le pauvre Maxxy Waxxy a besoin d'un petit câlinou.

Je pouvais imaginer les petits gazouillis et me sentir devenir écarlate sous le coup de l'embarras en pensant que quelqu'un puisse voir aussi loin dans mon âme. Je terminai mon SMS avec un terme générique : *à bientôt.* Puis j'éteignis mon téléphone avant de réfléchir au genre de moqueries que je subirais si quelqu'un découvrait mon côté plus sensible.

Le vol fut court, l'hôtel était magnifique, la vue sur la ville méritait de prendre une photo. Je ne l'envoyai ni ne la partageai avec personne. Tout comme ma mère ne comprenait pas vraiment ma sexualité, elle n'était pas non plus intéressée par la ville dans laquelle je me trouvais. Ce qui était également plus ou moins vrai pour mes sœurs.

Peu importait, ce n'était pas comme si quoi que ce soit avait de l'importance.

Pouvais-je envoyer une photo à Ben ?

Envoyer une photo de l'horizon à un homme avec qui je m'envoie en l'air de temps en temps ? Ouais, bien sûr.

NOUS PERDÎMES un match contre Washington et nous en gagnâmes un. Dieu seul savait comment nous avions pu gagner, puisque lors des deux matchs, les pénalités s'étaient enchaînées pour une équipe comme pour l'autre. Ce fut grâce à Stan, dans le filet, que nous pûmes prendre l'avantage, et nous remportâmes cette victoire avec nous, à la maison, menant ce tour avec trois victoires contre une.

L'ambiance dans l'avion pour rentrer fut euphorique. Si nous pouvions gagner les prochains matchs, nous éliminerions Washington de la compétition. Cette pensée fut suffisante pour que nous restions debout pendant presque tout le vol à raconter des conneries et à faire tant de bruit que ce fut incroyable que le pilote ne nous demande pas une seule fois de nous la fermer.

Quand nous nous rapprochâmes d'Harrisburg, nous nous tûmes tous. Après tout, nous rencontrerions la même équipe dans deux jours, sur notre patinoire.

Je pris le temps de relire le message que j'avais reçu de Ben, juste après la victoire lors du second match.

Félicitations. C'était le seul mot. J'en voulais plus, mais je me contentai de ça et m'accrochai fermement à ce mot.

Je tapai dans les poings de mes coéquipiers lorsque nous sortîmes de l'avion, étreignis le personnel de bord médusé, ris, souris, et montai dans un taxi que j'avais commandé dans un but urgent : voir Ben.

Lorsqu'il ouvrit la porte de sa maison, bâillant derrière sa main, adorablement décoiffé et encore réchauffé par son lit, j'entrai, fermai la porte et l'attirai dans mes bras.

Il se laissa volontiers faire, tout mou et fatigué. Je le tins pendant si longtemps que je sus qu'il allait vouloir savoir ce que diable il se passait.

— Vous avez gagné un match, murmura-t-il contre ma gorge.

— Oui.

— Mais tu me serres contre toi.

— Ouais.

— Qu'est-ce qui ne va pas ?

— Rien.

Je le serrai encore davantage et j'adorais qu'il me laisse faire.

— J'avais besoin d'un câlin.

Il rit alors, d'un petit bruit que je sentis le traverser.

— Ravi de pouvoir t'aider.

Nous nous étreignîmes, trop fatigués pour nous envoyer en l'air, satisfaits de nous blottir sur le grand lit doux de Ben. Nous nous endormîmes dans les bras l'un de l'autre.

Ce fut la meilleure victoire que j'avais eue depuis longtemps, puisqu'obtenir cette étreinte était encore mieux que de battre Washington.

JE NE FUS PAS sûr de savoir ce qui m'avait réveillé. Peut-être que c'était Ben qui bougeait, ou le bruit du téléphone portable, ou peut-être l'urgence de son ton. Tout ce que je savais, c'était qu'il n'était pas dans mes bras. Lorsque je me concentrai sur lui, à moitié dans le noir, il s'habillait.

— Quelle heure est-il ?

J'essayai de regarder le réveil pour lire l'heure.

— Quatre heures, répondit-il brièvement et d'une voix apeurée.

Je me réveillai instantanément.

— Quoi ?

Je m'assis dans le lit et retirai les couvertures, m'habillant aussi rapidement que lui.

— Une effraction au refuge. Les flics y sont. Ils ont chopé le mec. Je vais conduire.

Je n'allais pas le contredire, étant donné que je n'avais pas de voiture ici et que je ne conduisais plus vraiment.

Je le suivis hors de la maison et nous arrivâmes au refuge en l'espace de dix minutes, sous les gyrophares des voitures, et nous vîmes deux policiers. J'étais prêt à sortir de la Jeep et à me charger du cas de quiconque s'en prenait à Ben, mais je ne le pouvais pas. Je ne pouvais pas distribuer les coups en dehors de la patinoire. Je devais garder mon calme.

— Ce n'était pas moi ! hurla quelqu'un.

Un gamin portant un manteau regardait fixement les deux policiers qui l'observaient en retour. Il frissonnait visiblement, malgré le manteau, et je savais ce qu'il ressentait. Il faisait sacrément froid.

— Merde, jura Ben.

Il piqua un sprint pour rejoindre les flics.

— C'est bon, il n'est pas dangereux, dit-il.

Il se plaça entre les officiers et le garçon.

— Monsieur, l'alarme s'est déclenchée et à notre arrivée, nous avons trouvé ce jeune homme et ceci.

Le flic numéro un brandit ce qui ressemblait à un canif, et lorsque la lumière des lampadaires se réfléchit sur le métal, ma colère bouillonna. Ce fut à mon tour de m'impliquer.

— C'est quoi ce délire ? aboyai-je au visage du gamin.

Il recula et Ben dut l'attraper pour l'empêcher de tomber.

— Max, laisse-le tranquille.

Son ton ne laissa aucune place à la discussion ou à la désapprobation.

— DK ? Qu'est-ce que tu fais ? demanda Ben.

Il posa les mains sur les épaules maigres du gamin.

— Tu as dit que si j'avais besoin de toi, je pouvais venir. J'ai essayé de mettre la clé dans le portail, mais ça n'a pas fonctionné, alors j'ai essayé de forcer la serrure. J'ai froid, Ben. J'avais besoin de toi.

J'écoutai le garçon, ce DK, qui semblait connaître Ben. Qui *avait besoin* de Ben.

Ce dernier se retourna pour que le petit soit derrière lui et que lui soit face aux policiers.

— Je suis désolé de vous avoir fait perdre votre temps, Officiers. DK est mon neveu.

Son neveu ? Cela expliquerait pourquoi je n'avais pas le droit de le rouer de coups, j'imagine.

— Nous allons avoir besoin d'une déposition, dit le flic numéro deux.

Le premier soupira fortement.

— Demain, ça vous convient ? demanda Ben avant d'attendre leur réponse.

Le gosse frissonnait et je ne savais pas du tout quoi faire.

Les policiers s'entretinrent, qualifiant la situation avec tout un tas de codes, puis ils s'en allèrent.

Ben, DK et moi étions plantés devant le portail, nous dévisageant.

— Café, dit Ben.

Il tapa son mot de passe sur le nouveau boîtier de sécurité, puis entra. Dès que la porte se ferma derrière nous, tout courage feint disparut du visage du garçon et il s'affala dans le fauteuil le plus proche.

— Parle-moi, DK, l'encouragea Ben.

Il alla s'accroupir devant lui. Je reculai légèrement et remplis la cafetière, tout en gardant l'oreille grand ouverte pour entendre ce qu'il se disait.

— Papa est devenu fou, murmura DK.

— Fou comment ? s'enquit Ben.

— Il était… C'était…

DK s'interrompit pour se frotter les yeux, comme s'il tentait d'essuyer ses larmes.

— Nous faisons tous notre deuil d'une façon différente, entendis-je Ben expliquer.

— Papa ne fait pas son deuil, oncle Ben. Il a perdu son travail, il n'a pas d'argent, et si tu avais entendu les choses horribles qu'il m'a hurlées… Ensuite, il…

Ben posa une main sur le genou de DK.

— Allez, DK, dis-moi ce qu'il s'est passé.

DK me regarda dans les yeux et je me rappelai que le fixer n'était pas une bonne chose, je tentai donc de m'occuper avec les tasses et le café, mais pas avant que DK montre quelque chose à son oncle et que Ben allume la lumière la plus vive. J'aperçus les marques.

Une ecchymose de couleur écarlate sur le cou de DK, un bourgeon violet sur son bras, des mouchetures cramoisies sur son poignet.

J'entendis Ben jurer, horrifié, et je dus retenir physiquement ma colère. Frapper un gamin ? *C'est quoi ce délire ?*

— Je ne veux pas y retourner, cracha DK. Tu ne peux

pas m'y obliger. J'ai dix-huit ans, maintenant, et je choisis d'être avec toi.

Ben me jeta un coup d'œil et je vis dans son regard qu'il était en lutte contre lui-même. Je voulais qu'il dise que tout irait bien pour le petit, qu'il lui offrirait un endroit où rester. Je souhaitais que l'homme qui sauve des chiens montre la même compassion pour son neveu. J'en avais besoin autant que j'avais besoin d'un câlin, pour voir la pureté en quelqu'un qui était mon opposé.

— D'accord, déclara Ben avant de se lever.

Il tendit une main et attira DK vers lui pour l'étreindre.

— Mais nous devons faire ça à la régulière. Je dois parler à ton père.

DK sembla choqué, puis il haussa les épaules, ce qui pour moi, ressemblait à une preuve d'instinct de conservation. Peut-être qu'il dédaignait tout ce qui lui arrivait dans la vie ?

— Papa ne peut rien faire contre ça. Il ne peut pas m'obliger à rentrer à la maison.

— Je sais, chuchota Ben.

Puis les larmes de DK coulèrent librement et il s'appuya contre Ben.

— Pourquoi oncle Liam est mort ? demanda-t-il en sanglotant.

Je les regardai, figé, alors que l'oncle étreignait son neveu. Je jurerais avoir vu des larmes sur le visage de Ben également, mais sous cette lumière, je ne pouvais pas en être certain.

Pourquoi un veuf ne pleurerait-il pas avec la famille de son défunt mari ?

J'étais un voyeur. Le pire des spectateurs. J'espionnais le chagrin à vif, je le comprenais bien, mais je ne pouvais le gérer. Au lieu de ça, j'alignai les tasses pour servir le café. Je pris la mienne et quittai la pièce, suivant le couloir qui menait, je le savais, aux chiots.

Je restai planté là, à les regarder, tous blottis les uns contre les autres dans un tas de fourrure. Je tentai de trouver une certaine paix, ou une compréhension, ou, bon sang, de la compassion que je pouvais offrir à Ben.

Comment diable cette *chose* si simple qui existait entre nous était-elle devenue si complexe, teintée de besoin et, bon sang, de chagrin ?

Je n'avais pas le temps pour ça. J'avais suffisamment de peine de mon côté, coincée dans un coin de ma tête, et je n'allais pas l'analyser de sitôt.

— Je vais ramener DK chez moi, annonça Ben derrière moi.

Je pus voir son reflet dans la vitre et il resta là, ne se rapprochant pas davantage de moi.

— Alors, c'est le neveu de…

Je laissai ma phrase en suspens, attendant que Ben développe, même si je n'avais pas vraiment gagné le droit de savoir quoi que ce soit.

— Ouais. Mon mari, Liam, avait un frère, qui a trois fils. DK est le plus jeune. Le pauvre gosse s'est retrouvé au milieu de toutes les réactions familiales quand Liam a décidé de m'épouser. Quand Liam a changé son testament et m'a tout laissé, leur aversion pour moi s'est transformée en haine. Bon sang, ils n'étaient même pas contents que DK nous rende visite, même si le petit venait travailler ici pendant le week-end, en guise de job étudiant.

— Mais tu vas le laisser rester avec toi ?

J'avais besoin de savoir que c'était réel, qu'il accueillerait l'enfant avec les larmes et les ecchymoses.

J'avais blessé des gars, leur infligeant des marques pires que celles qu'il y avait sur la peau de DK, mais jamais hors de la glace. Jamais dans une si grande colère qui me pousserait à faire du mal à un enfant ou mon propre fils. Je détestais que le doute que je ressentais face à ce que Ben comptait faire puisse s'entendre dans mon ton, et je vis que les mots lui firent mal, si j'en croyais la façon dont il se raidit.

— Il aura toujours sa place chez moi.

Sa voix était sèche et je sus que j'avais merdé.

— Je ne voulais rien sous-entendre. Je te connais.

Il se retourna pour partir, mais j'aurais pu jurer l'avoir entendu marmonner que je ne le connaissais pas du tout.

Génial, maintenant c'était moi qui me sentais blessé. Je le rattrapai, saisis sa manche, l'obligeai à s'arrêter et l'embrassai, doucement, avec insistance, jusqu'à ce que, dans un soupir, il passe ses bras derrière ma nuque.

— Tu n'as pas besoin de t'inquiéter pour ça, déclara-t-il.

Ses yeux débordaient d'émotion.

— Je ne m'en inquiétais pas avant, admis-je.

L'honnêteté était l'un de mes points forts après tout.

— Mais c'est un jeune adulte vulnérable et, bon sang, c'est très difficile pour moi de m'en aller sans m'en inquiéter.

Il posa sa tête sur mon épaule. Je l'entendis soupirer de nouveau, comme si le poids du monde pesait lourdement sur lui. J'avais une grande carrure et j'avais de la place pour prendre une partie de son inquiétude. C'était un peu mon truc. La protection. Briser les murs.

— Mais tu veux t'inquiéter maintenant ? Après… quoi ? Quelques parties de jambes en l'air ?

Je tentai de répondre avec une voix légère.

— Je n'ai rien d'autre dans la vie en dehors du hockey.

— Tu es un idiot.

Je me tapotai alors la tête.

— J'ai pris plusieurs coups sur le crâne.

Je plaisantais. C'était ce que n'importe quel joueur de hockey dirait.

Mais en vérité, j'étais une bombe à retardement.

Je fis ce que je faisais de mieux. J'ignorai l'entortillement de vaisseaux sanguins dans mon cerveau et me laissai porter.

Chapitre 7

BEN

ACCUEILLIR DK ME METTAIT SUR LES NERFS. JE L'AIMAIS, tout comme ses frères, mais savoir que leur père, Rolf, allait se pointer à n'importe quel moment, bouillonnant de rage, me rendait nerveux. Il n'avait jamais approuvé mon union avec Liam. Il avait boycotté le mariage et avait entraîné la moitié de la famille avec lui. Bien sûr, il était venu à la petite réception avec open-bar, causant le chaos avec ses a priori. J'avais voulu qu'il rentre chez lui, mais la tristesse dans les yeux de Liam m'avait poussé à ne rien dire.

Je le haïssais, et pourtant j'étais incapable de détester qui que ce soit, donc je ne savais pas d'où cela venait.

Mais surtout, il me faisait peur.

De plus, il y avait ces actes de vandalisme, et j'avais dit à l'équipe du refuge que personne ne devait se retrouver seul dans les locaux. Nous vérifiions deux fois tous les verrous avant de partir pour la nuit.

À la maison, c'était… eh bien, ma maison était comme un nid de porc-épic.

Glenna et Carol avaient dû être informées de la situation parce que Rolf savait où nous habitions.

Mes grands-tantes avaient piqué une crise quand elles avaient vu les marques sur la peau pâle de DK. Il m'avait fallu tout mon pouvoir de persuasion pour les empêcher d'appeler la police. Tout d'abord, les flics n'allaient certainement pas envoyer une voiture de patrouille devant chez nous pour nous protéger. Cela ne fonctionnait probablement que dans les séries télé et dans les quartiers bien plus aisés que les nôtres. Ensuite, DK, ou David Kenneth, comme Liam aimait l'appeler pour plaisanter, puisque le gamin détestait son prénom, pour une raison étrange, était légalement un adulte. Bien sûr, il pouvait porter plainte pour agression, mais il refusait de le faire. Et ce serait sa parole contre celle de Rolf, et qui croirait un gamin qui avait déjà eu des ennuis ? Des conneries. Des trucs d'ado. Il avait surtout tagué des maisons. Il avait aussi volé une barre chocolatée à l'épicerie du coin. Le même genre de choses que tous les gamins des quartiers faisaient, parce que, croyez-moi, il aurait pu faire *bien* pire. Mais DK se faisait toujours prendre.

Lorsque Max me proposa d'assister au cinquième match contre Washington, j'hésitai.

— Max, j'apprécie vraiment, déclarai-je en regardant les billets qu'il venait juste de placer dans ma main.

Nous étions dans mon bureau.

— *Mais* ?

— Mais je ne suis pas sûr que je devrais quitter la maison. Et si Rolf se pointait ?

Max m'étudia de près.

— Ben, tu ne peux pas cacher le gamin chez toi pour toujours. En toute honnêteté, tu as l'air crevé.

— Merci, répondis-je en fronçant les sourcils.

Je passai une main sur mon visage.

— Je suis crevé, avouai-je.

Je n'avais pas bien dormi depuis que DK était arrivé, et mon estomac était un foutoir acide. Je ne gérais pas bien le stress.

— Viens au match. Amène DK. Vous devez vous détendre.

Il plaqua une grande main sur ma nuque, la frottant et m'attirant vers lui. Je le laissai faire, parce que j'avais vraiment besoin d'un massage et de sentir ses bras autour de moi. Max devenait doucement un élément de base dans ma vie, une chose qu'on cherche dès qu'on se réveille, ou qu'on se surprend à toucher au milieu de la nuit. Nous n'avions pas encore eu de véritable rencard et nous n'avions pas non plus passé la nuit ensemble. Je mourais d'envie de vivre ces choses-là. Peut-être que je devais arrêter d'attendre pour obtenir ce que je souhaitais. Dieu seul savait que la vie pouvait être courte. Horriblement courte parfois. Je fermai les yeux tandis que ses doigts travaillaient les muscles tendus dans mon cou et mes mots m'échappèrent.

— Je parie que Washington va gagner.

Max rit doucement.

— Qu'est-ce que tu paries ?

— S'ils gagnent ce soir, tu reviens à la maison avec moi après le match et on passe la nuit ensemble.

Le massage s'interrompit. Ma respiration également.

— Hé, regarde-moi.

J'ouvris les yeux et me retrouvai à fixer ses yeux marron doré qui brûlaient d'émotion.

— Est-ce quelque chose que tu veux vraiment de ma part ?

— Ouais.

— Est-ce que je peux passer la nuit ici, si on gagne ?

Les Railers avaient battu mon équipe à plate couture lors du précédent match. Ils les avaient massacrés comme des poulets maigrichons essayant de s'enfuir.

— Tu en as envie ?

— Ouais. J'en ai envie.

Je pris une profonde inspiration sous peine de m'évanouir.

— D'accord. Je te trouverai une brosse à dents et je la mettrai à côté de la mienne.

Max m'embrassa si fort et pendant si longtemps que je m'inquiétai encore à l'idée de tomber dans les pommes.

DK et moi étions écrasés entre deux des plus grands fans des Railers que Dieu avait jamais créés. Les deux hommes ressemblaient à des défenseurs costauds et ils étaient enragés. Leurs visages étaient peints avec un bleu fumé, comme les maillots des Railers. Sur leurs torses nus, ils exhibaient fièrement une locomotive qui semblait avoir été dessinée au feutre. Oh, et ils étaient ivres. Pas juste agréablement éméchés. Je voulais dire totalement déchirés. DK trouvait ça absolument hilarant que la seule personne dans l'East River Arena soutenant l'équipe de Washington soit prise en sandwich entre ces deux hommes immenses.

Chaque fois que Washington faisait quelque chose de bien, ce qui arrivait souvent, je m'exclamais et on me lançait immédiatement un regard noir. Rien de désobligeant n'avait encore été dit, mais ce n'était qu'une question de temps. Tout de même, je n'allais pas me laisser intimider devant DK, donc je les encourageai aussi audacieusement qu'un homme pouvait le faire.

— Bon sang, on dirait une équipe totalement différente, cria DK.

Notre grand Russe à l'avant dégagea Tennant Rowe. Et je veux dire qu'il le *dégagea carrément*. Il lui donna un coup d'épaule propre et net qui heurta Rowe dans le torse alors qu'il faisait avancer le palet sur la glace. Le jeune prodige s'écrasa brutalement, son épaule accusant l'impact contre les panneaux de protection. Rowe s'étala sur la glace, abasourdi et souffrant intensément, si on en croyait son visage. Mon équipe avait volé le palet et se précipitait vers le but des Railers. Le tir parfait de notre star vola au-dessus de l'épaule de Stan et fit trembler le filet. Je bondis sur mes pieds alors que la lumière rouge s'allumait.

Monsieur Montagne sur ma droite se pencha pour me regarder fixement, son nez aplati contre le mien.

— Tu dois… retourner chez toi, petit.

Son haleine était horrible. Un mélange écœurant de bière éventée et de nachos au fromage.

DK bondit.

— C'est cool. Il sort avec Max van Hellren.

Bon… J'imaginai que notre relation, à Max et moi, était maintenant dévoilée. Dès qu'il le dit, l'expression de DK se ferma, comme s'il réalisait l'énormité de ce qu'il venait de dire.

Ce fut intéressant. J'imaginai le passage à tabac en règle qui m'attendait parce que j'étais noir, gay et fan des Washington.

L'homme au visage peint souffla dans mon nez et me regarda sombrement pendant une minute. Je serrai le poing, en préparation. Il allait peut-être me mettre au tapis, mais je prévoyais de donner au moins un coup avant de tomber.

Je n'aurais jamais imaginé qu'il allait me prendre dans ses bras et me donner une étreinte écrasante avant de m'embrasser sur les lèvres.

Quand mes pieds furent de retour sur le ciment froid, je titubai contre DK, les yeux écarquillés.

— Mon mari et moi, on adore le Heller !

Il tapota la tête d'un petit homme à sa gauche, qui me sourit et fit un signe de la main à côté de son visage costaud peint en bleu.

— Oh. Eh bien, c'est… cool, alors !

Je souris, levai les pouces, puis m'assis et fis de mon mieux pour ne plus être embrassé par un autre homme pendant le reste du match. Ce fut à deux doigts d'arriver lorsque Tennant Rowe exécuta un coup tactique merveilleux juste à côté de notre ligne bleue. Il réussit à lever la crosse de l'un de nos défenseurs, puis, en glissant sauvagement, il le contourna, récupéra le palet et prit notre gardien de vitesse. Tennant mit alors ce but foudroyant qui réussit curieusement à rentrer dans les dix centimètres entre les protections du gardien et la cage. Monsieur Montagne ne me donna qu'une claque dans le dos lorsque Rowe marqua, merci, mon Dieu.

Ce but redonna de l'énergie aux Railers, mais ils n'eurent pas l'occasion de mettre le but supplémentaire, nécessaire pour finir à égalité. Washington avait gagné ce match et nous rentrions à la maison.

— Dis au Heller que je l'aime, cria Monsieur Montagne.

DK et moi avançâmes dans la foule pour quitter la patinoire.

— Je le ferai, criai-je par-dessus mon épaule.

C'était une belle soirée. Chaude et dégagée, avec peu d'humidité. DK et moi nous attardâmes près de la sortie des joueurs, parlant aux fans tout en attendant que les Railers émergent.

Max sortit en portant un costume gris qui moulait ses épaules larges et ses cuisses parfaitement musclées. Il parlait avec Stan lorsqu'il nous vit. Ses lèvres se retroussèrent dans un sourire. Un élan d'affection me traversa quand je le vis au milieu de ses fans, signant des casquettes et des programmes. Il était vraiment quelqu'un de bien. Et je tombais plus rapidement sous son charme que je ne le devrais, je le savais. Pourtant, j'en mourais d'envie, même si cela m'effrayait de le savoir.

— Bonjour, Monsieur Chien Benton !

Stan me donna une claque sur l'épaule. Je grimaçai avant de sourire.

— Je cherche toujours chien. Gros. Grandes dents et yeux rouges. Tu as chien, déjà ?

— Ah, non, désolé. Je n'ai pas de bêtes aux yeux rouges, mais j'appellerai dès que ce sera le cas.

— *Da*. C'est bien. Et quand tu appelles, parle juste à moi. Pas parler à Erik. Il veut gentil chien avec queue courbée. Bah. Moi je dis : méchants hommes ont pas peur de chiens heureux. Méchants hommes ont peur de chiens chasseurs de loups. Tu as chiens chasseurs de loups au refuge ?

— Non, je n'en ai pas non plus. Mais j'ai des croisés labradors. Je peux demander à l'un des bénévoles d'en apporter un pour la dernière mi-temps où l'on présente Adopte un animal.

Stan y réfléchit longuement, tandis que Max venait à mes côtés, ses doigts effleurant les miens.

— D'accord, oui, croisé labrador c'est bon jusqu'à ce que chien chasseur de loups avec grandes dents arrive.

Il acquiesça, ébouriffa les cheveux de DK, puis il alla retrouver Erik, qui l'attendait à côté des voitures des joueurs.

— Est-ce que ce serait bizarre si j'embrassais la seule personne à Harrisburg qui porte un maillot de Washington ? demanda doucement Max alors que nous avancions vers notre voiture.

Elle était garée devant toutes celles des spectateurs.

— Je n'en suis pas sûr. Je pense que notre relation a déjà éclaté au grand jour grâce à quelqu'un qu'on ne nommera pas, dis-je d'un air taquin.

Je lançai un regard noir exagéré à DK.

— Je suis désolé, oncle Ben. Je pensais honnêtement que ce mec allait te transformer en pudding.

Je passai un bras autour de sa nuque et attirai le neveu de Liam contre moi.

— Ah, eh bien, ce n'est pas comme si deux gars qui s'embrassent dans l'équipe allaient apporter de la nouveauté, déclara Max.

Il ouvrit ensuite la portière de ma voiture.

— Je te retrouve chez toi dans environ trente minutes. Je dois passer chez moi pour prendre des affaires.

— Ça me va.

Je lui volai un rapide baiser, puis me glissai derrière le volant. Max donna une petite tape sur le toit et recula quand nous nous séparâmes.

DK et moi échangeâmes un coup d'œil et il me sourit.

— Oh, euh, j'ai oublié de te dire que j'allais passer la nuit chez Skipper, m'informa-t-il.

Aucun indice ne prouvait qu'il mentait pour nous laisser un peu d'espace, à Max et moi.

— Ah oui ?

Je le soupçonnai d'inventer tout ça, mais je fis avec.

— Tu veux que je te dépose chez lui, alors ?

— Oui, cool.

Il ne leva pas les yeux de son portable sur lequel il envoyait des messages. Probablement à Skipper pour l'informer qu'il allait se pointer chez lui.

Nous conduisîmes jusqu'au quartier de SK. Il était joli, modeste. Je suivis ses instructions pour rejoindre la maison de Skipper.

— Tu veux que je vienne te récupérer demain ? demandai-je.

La lumière du porche de la maison devant laquelle nous nous garâmes s'alluma. Un gamin dégingandé sortit et nous fit un signe de la main.

— Non, je vais demander à Skipper de me déposer. Passe une bonne soirée, oncle Ben.

Il courut vers son pote, lui tapa dans le poing, puis entra. La lumière s'éteignit. Je roulai jusqu'à chez moi, impatient d'arriver avant Max, pour avoir le temps d'installer quelque chose de romantique. Ou du moins, de changer les draps.

Je n'eus pas eu le temps de le faire. Max m'attendait déjà quand je me garai. Lorsque je le fis, ma tante Glenna se traîna hors de sa maison mitoyenne, se glissa derrière le volant de sa vieille Lincoln et partit dans un nuage d'huile brûlée.

— Viens te garer ici, dépêche-toi, Benton ! hurla tante

Carol. On a vu que tu allais avoir un mec chez toi pour la nuit.

— Mon Dieu, donnez-moi la force, priai-je.

Son cri fit écho dans la rue et s'infiltra par chaque fenêtre ouverte.

Quand j'avançai vers Max, qui avait son sac sur l'épaule, il déclara :

— Pardon, je pensais que j'avais été discret. J'ai même demandé au chauffeur de taxi d'éteindre les phares pour n'alarmer personne.

— Elles ont l'ouïe d'un chien, marmonnai-je.

Tante Carol arriva pour reluquer Max de la tête aux pieds.

— Pourquoi tu n'es pas au lit, vieille femme ?

— On prévoit le mouvement de résistance pour le week-end. Hmm, hmm. Il est musclé, Benton.

Elle pinça le biceps épais de Max et acquiesça d'un air approbateur.

— J'ai toujours aimé les grands mecs baraqués.

— Carole ! Arrête de pincer cet homme, cria tante Glenna.

Elle se dandina sur le trottoir dans son peignoir et ses chaussons.

— Il est venu pincer *Benton* !

— D'accord, on y va, maintenant.

J'attirai Max à l'intérieur et fermai la porte sur les deux femmes qui souriaient d'un air salace.

— Tes tantes sont amusantes.

Max jeta son sac sur le canapé, puis je me plaçai entre ses bras.

— Oh, ouais, elles sont hilarantes.

Je glissai mes doigts sur ses joues, appréciant les poils

de sa barbe sur mes paumes. Il n'avait pas besoin de dire quoi que ce soit. Je le sentais aussi. Ce mélange d'envie avec cette brillance subtile de normalité. Ce que nous avions... cela semblait *totalement* approprié.

— On dirait que tu as besoin d'être embrassé.

Il posa les mains sur mes fesses et me colla contre lui.

— Ou est-ce que tu as besoin d'autre chose ?

— Tu m'as bien analysé. J'ai besoin d'être embrassé *et* j'ai besoin d'autre chose.

Le baiser fut chaud. Une perfection mouillée. Ce quelque chose d'autre fut encore meilleur. Max et moi avions cette compatibilité sexuelle ultime. Visiblement, nous arrivions à sentir ce dont l'autre avait besoin ou ce qu'il souhaitait. Nous montâmes à l'étage, traînant son sac, et nous tombâmes sur mon lit. Bucky le contourna, couinant, anxieux à propos de quelque chose.

— Je ne lui fais pas de mal, dit Max à mon chien.

— Laisse-moi le sortir et le mettre dans sa cage.

Je détestais devoir m'exécuter, impatient de retrouver Max. Bucky courut rejoindre sa cage dans le salon, la même qu'il avait depuis qu'il n'était qu'un chiot. Il aimait sa cage. Il se sentait en sécurité à l'intérieur. Je lui tendis une friandise et verrouillai la porte, lui souriant alors qu'il s'activait sur son grand jouet.

Trottinant pour retrouver Max, j'enlevais déjà mon t-shirt quand j'arrivai devant la porte de la chambre. J'entendis alors de doux ronflements.

Max était là, étalé sur le lit, la main sur son sexe, totalement endormi.

Je ne pouvais pas vraiment lui en vouloir. Souriant, je dépliai une couverture légère sur ses jambes et ses hanches, avant d'enlever mes vêtements, sauf mon boxer, et d'éteindre la lumière. C'était un grand homme. Lourd, aussi. Pour avoir la place de dormir, il fallut que je lui donne quelques petits coups et que je le pousse, mais je finis par me mettre contre son flanc et me blottis contre lui. L'air nocturne balaya les rideaux, passant au-dessus de nous, rafraîchissant la pièce et moi-même. Je me tortillai pour me rapprocher de lui, le prenant entièrement en cuillère. Je soupirai à cause de la chaleur rayonnante qui s'insinua en moi. Le sommeil s'empara doucement de moi.

LORSQUE JE ME RÉVEILLAI, ce fut grâce aux cris d'un rouge-gorge et aux rayons chauds du soleil. J'avais également un homme qui pesait aussi lourd qu'un silo allongé au-dessus de moi. C'était agréable et doux, mais extrêmement inconfortable. Pourtant, je restai allongé aussi longtemps que possible, puis je gigotai pour me dégager de lui. Max ne bougea pas du tout. Il ne renifla pas, ne souffla pas, ne grogna même pas. Cet homme dormait à poings fermés. C'était probablement à cause de toutes ces années passées à dormir dans des chambres d'hôtel et à entendre des gens ronfler.

Je me glissai dans la salle de bain, me douchai, me rasai et enfilai un pantalon ample ainsi qu'un débardeur. Je me rendis ensuite dans la cuisine, impatient de prendre un café et de me préparer mon petit déjeuner. Puisque c'était dimanche, j'étais libre toute la journée. Avec un peu de chance. À moins que nous ayons de nouveaux arrivants. Dans une ville de cette taille, il était rare d'avoir un nouvel animal chaque jour de la semaine. Je laissai Bucky sortir de sa cage avant d'ouvrir la porte de derrière pour lui. Il sautilla dans le jardin. Je fermai la porte-fenêtre et le laissai faire ses affaires dans mon petit carré vert bien clôturé.

Les fenêtres brillaient grâce au soleil chaud, et je continuai de m'affairer dans ma cuisine certes petite, mais chaleureuse. Le café commença rapidement à couler et je sortis les ingrédients de mon placard pour préparer du pain perdu. La musique de mon téléphone emplissait la pièce. *Love Machine* des Miracles faisait bouger mon corps. La poêle dans une main, la spatule dans l'autre, je commençai à effectuer un enchaînement de mouvements funky. J'étais un sacré bon danseur. Liam l'avait toujours dit.

J'effectuai un demi-tour et constatai que Max se tenait dans l'embrasure de la porte, décoiffé et sortant tout juste du lit, les bras croisés sur son torse.

— Je cuisine mieux avec de la musique, répondis-je à son sourcil haussé. Profite du spectacle.

Je continuai de danser dans tous les sens, impatient de l'entendre complimenter mes mouvements.

— Est-ce que tu as mal quelque part ? demanda-t-il, ce qui interrompit plus ou moins mes pas habiles.

— Non, pourquoi ?

Il secoua la tête.

— Tu as déjà regardé *Seinfeld* ?

— Bien sûr.

Je baissai la spatule et la poêle, que j'avais levées au-dessus de ma tête. J'arrêtai également de remuer mon derrière.

— Tu ressembles un peu à Elaine quand elle danse.

J'ouvris la bouche si grand que ma mâchoire heurta mon torse.

— Tu trouves que je ne sais pas danser ?

J'étais ébahi. Liam avait toujours encensé mes capacités de danseur. Lui, en comparaison, était si mauvais qu'il n'avait jamais dansé parce qu'il aurait eu l'air trop nul. Du moins, c'était ce qu'il avait dit.

— Pas vraiment, non.

Je jetai la poêle sur la cuisinière.

— Je sais danser.

— Non, désolé, tu ne sais vraiment pas. Enfin, ce n'est pas grave, puisque je ne sais pas non plus.

J'imaginais qu'il pouvait sentir que je commençais à m'énerver.

— Je sais danser. Tu n'es simplement pas habitué à voir des mouvements si fluides et expressifs.

— Si tu le dis.

Il avança vers la porte et laissa Bucky entrer. J'étais trop abasourdi et blessé pour bouger.

— Je sais danser.

Il avança vers moi, me prit la spatule des mains, puis m'enveloppa dans ses immenses bras chaleureux.

— Non, carrément pas.

Il se blottit dans mon cou, me mordillant, grignotant ma jugulaire.

— Tu veux retourner au lit pendant un moment ?

— Je ne retournerai peut-être plus jamais au lit avec toi, le taquinai-je.

En quelque sorte.

— Bon sang, ce serait vraiment dommage.

Il captura ma bouche, l'haleine mentholée, puis il me fit lentement reculer contre la cuisinière toujours froide.

— Si je te dis que tu danses merveilleusement bien, tu reviendras au lit ?

— C'est trop tard pour ça, *Heller*. Je sais ce que tu penses vraiment.

Je passai une main dans son boxer, le dos de mes doigts effleurant sa longueur en érection.

— Je vais te parler de tous tes autres talents.

Oh, c'était habile. Pas autant que moi sur une piste de danse, mais c'était habile.

— Je vais aussi remplir ton cul avec ma queue, si tu le veux bien.

Oh, oui, je le voulais. J'en avais *terriblement* envie.

— Benton ! Tu as trente minutes avant la messe. Laisse tomber ce que tu es en train de faire et habille-toi pour l'église.

Je grimaçai en entendant tante Glenna juste derrière la porte avec moustiquaire. Max sursauta violemment. Je retirai brusquement ma main de son boxer et jurai.

— Tu devrais surveiller ton langage, Benton. Bonjour, Max. Tu viens à l'église aussi.

Ce n'était pas une question. Mais une affirmation.

— Euh, oui, madame.

— Bon garçon.

Elle partit alors dans sa plus belle tenue du dimanche.

— Il faut que je me bouge.

Je soupirai et me blottis contre lui pour l'embrasser davantage, puis nous dûmes nous activer, avant que l'une d'elles revienne et me surprenne de nouveau avec la main autour de sa verge. J'allais demander à Dieu de me pardonner pour avoir séduit mon homme le dimanche matin. J'étais presque sûr qu'il m'en excuserait. Dieu était cool, à sa façon.

Chapitre 8

MAX

Nous n'avions besoin que d'un match supplémentaire pour passer au prochain round, mais Washington n'y allait pas de main morte avec nous. Ils avaient gagné le cinquième match dans notre patinoire et nous étions de retour à Washington pour le sixième. À la mi-temps, nous étions à égalité et ils tournaient autour de Ten comme des mouches sur du purin. J'étais actuellement en face à face avec le grand défenseur Vladimir Vleck, un mètre quatre-vingt-quinze, bâti comme un mur de briques, et ses poings serrés devant lui.

J'avais déjà pété un câble parce que ce salaud avait poussé Ten contre les panneaux, encore une fois, pour le deuxième match de suite. Le coach voulait que je laisse tomber, que je travaille surtout sur la protection de Ten, mais la façon dont ils avaient réussi à l'éloigner de la glace, une minute auparavant, m'énervait. Non seulement ça, mais le reste des Railers jouait soudain prudemment, et nous ne pouvions pas nous le permettre.

Le jeu était lent, c'était mon rôle d'agiter un peu les choses.

J'attendais que Vleck fasse le premier pas. Il balançait des conneries sur mon pénis, ou sur ma mère peut-être, mais je n'écoutais pas. On ne se moquait pas et on ne se battait pas bêtement, cela nous rendait négligents. Je le vis relâcher son épaule, imaginai la trajectoire de son coup de poing et l'évitai avant de me jeter sur lui. Je réussis à lui mettre deux droites, et il tituba en arrière, agrippant mon maillot. J'enfonçai mes patins dans la glace, m'appuyant contre lui, et il commença à perdre l'équilibre. Je pus sentir le goût de la victoire, je lui mis trois coups supplémentaires, sentant les autres joueurs tirer sur mon maillot, m'attirant en arrière, loin du Russe en train de se débattre sur la glace.

— Va te faire foutre, dis-je assez fort pour qu'il l'entende.

Néanmoins, ce fut assez discret pour que je ne prenne pas de pénalité pour ça. Toly était désormais entre nous, son visage fendu d'un large sourire. Il me tapota l'épaule, puis vint avec l'arbitre et moi jusqu'à la cage de pénalité. Ce fut terminé. Ils aidèrent Vleck à quitter la glace. Il avait du sang sur le visage et on me pénalisa d'une faute majeure de cinq minutes pour m'être battu. Vleck reçut également une pénalité pour avoir initié la dispute. C'était incroyable de voir ce que je pouvais faire croire aux arbitres quand je le voulais. Le capitaine de l'équipe me hurla quelque chose en russe et Toly haussa les épaules quand je le regardai.

— Ta mère, expliqua Toly.

Je me retournai pour faire face à l'immense Russe qui me fixait avec un feu dans les yeux, puis je haussai les épaules. J'avais fait ma part, l'équipe pouvait s'unir à partir de là.

Ten était de retour sur la glace. Il patina à côté de moi et m'adressa un signe de tête. J'avais éliminé leur plus grand et meilleur défenseur, et il me fit la promesse de faire en sorte que cela compte.

Vingt-trois secondes plus tard, avec un geste qui finirait dans les meilleurs moments des play-offs ainsi qu'une passe nette du capitaine, Ten lança le palet à côté d'un gardien ébahi et décentré.

Le feu de la compétition brûla dans l'équipe et, soudain, nous gagnions. Deux buts de plus et nous avions contré toute opposition. Toly mit même un but dans une cage vide quand ils changèrent de gardien.

Nous gagnâmes le match, nous remportâmes ce tour de la compétition. Les nouveaux membres de cette équipe avaient réussi à lui faire atteindre l'étape suivante vers la Coupe Stanley. Néanmoins, cette victoire ne se déroulait pas à domicile, mais à Washington. La foule nous hua, nous avions subi ça toute la nuit. Gagner dans la patinoire de l'équipe adverse était quelque chose que nous espérions tous dans notre carrière. Ten patina en cercle autour de moi et nous donnâmes des coups sur le casque à Stan, qui n'arrêtait pas de sourire comme un idiot.

Ouais. C'était bon.

Et j'avais besoin de partager ça avec quelqu'un. J'avais besoin de partager tout ceci avec Ben qui, je le savais, regardait.

Nous séjournions à l'hôtel ce soir-là, nous prenions l'avion le lendemain matin, et la bonne humeur était à son comble.

Je ne consultai pas mon portable. Je ne voulais pas que

quiconque sache ce qu'il avait dit ou ce que j'allais lui répondre. Je souhaitais une véritable intimité. Juste moi et ses mots, et je les savourerais, tout comme la victoire. Je fus interrompu par des membres de l'équipe, y compris Dieter, qui me dit que Lola me transmettait ses félicitations. Je le remerciai, attendant patiemment pendant qu'il me racontait les paris que Lola et lui avaient faits sur le nombre de prises de bec dans lesquelles je serais impliqué. Il avait gagné, apparemment, parce que Lola avait supposé que j'aurais besoin de perdre mon calme au moins trois fois pour avoir un quelconque effet sur le match.

Toly voulait me dire à quel point Vleck était une pourriture, et comme il était ravi que je l'aie fait sortir.

Ten eut envie de me taper dans la main, puis il effectua son *check* compliqué et m'expliqua que je devrais me faire un tatouage de Pokémon.

Jared se contenta d'une tape dans la main et d'un signe de tête.

Quand je retournai dans ma chambre, j'étais dans un sale état et je souhaitais simplement savoir ce que Ben m'avait envoyé. Dès que la porte se referma, j'allumai mon téléphone et vis simplement deux mots.

Appelle-moi.

Je me débarrassai de ma veste, de ma ceinture, de ma cravate ainsi que de mon pantalon avant de m'asseoir sur le lit. J'appuyai sur son numéro et ne sus pas vraiment quoi dire quand Ben répondit à la première sonnerie.

— Bordel, déclara-t-il.

Les jurons ne lui étaient pourtant pas caractéristiques.

— C'était intense, ajouta-t-il. Félicitations.

J'avais su que j'aimerais tout ce qu'il dirait. Mais

j'ignorais simplement à quel point. Ce n'était pas ces mots, c'était plus son essoufflement, comme si le match, ou peut-être moi, l'avait tout simplement époustouflé.

— C'était un bon match…

— Bon ? C'était incroyable. La façon dont tu as fait sortir Vleck, oh mon Dieu, je ne l'ai jamais vu tomber si rapidement, et puis Ten, la façon dont il a pris… Écoute, je suis officiellement un fan des Railers pour le reste de la compétition.

Je le laissai divaguer sur le score des Corsi, les buts et les joueurs géniaux. Il dit également que, selon lui, Ten serait un jour capitaine, et qu'Arvy lui manquait, mais ce n'était pas grave puisque Dieter était un attaquant bilatéral. Il continua encore et encore. Je me rendis alors compte que j'écoutais une groupie et cela me fit sourire. J'attirais Ben du mauvais côté des supporters de Washington, et si je me débrouillais bien, je le garderais.

Pas pour moi.

En tant que fan.

Bien sûr.

Il manqua enfin de souffle et sa voix retomba.

— Tu sais ce que j'ai le plus aimé ?

Je pensais que nous avions tout couvert, parlant longuement de ma dispute avec Vleck, donc cela n'avait rien à voir avec moi, ce qui me déçut légèrement, jusqu'à ce qu'il recommence à parler.

— Ils ont montré le vestiaire après le match, sur Twitter. Le moment où les Railers donnent une casquette bleue au meilleur joueur du match. Je sais qu'ils l'ont donné à Stan, mais elle aurait dû te revenir. Ensuite, tu es allé féliciter Stan… et…

Il se tut pendant un moment.

— Tu avais enlevé ton maillot et tu t'es arrêté juste devant les caméras, transpirant. On avait l'impression que tu venais de passer la main dans tes cheveux et je n'ai jamais rien vu d'aussi sexy.

Nom de Dieu ! Je bandais tellement. Je passai ma main dans mon caleçon, enroulant mes doigts autour de mon membre douloureux. La voix de mon homme était comme du bon whisky. Une brûlure, puis une douce chaleur envahirent mon organisme. J'entendis son souffle accélérer et je sus ce qu'il était en train de faire.

— Tu es en train de te branler ? demandai-je.

— Quand tu t'es retourné vers la caméra et que tu t'es rendu compte qu'on te filmait, tu as contracté tes muscles, je t'ai vu… et la transpiration et… oh…

Je baissai mon caleçon et relevai ma chemise. J'aurais aimé avoir plus de temps, je voulais prolonger ce moment. Je le mis sur haut-parleur.

— Qu'est-ce que tu ferais ? demandai-je.

Je me rallongeai, pliant les jambes avant de les laisser retomber sur le côté. J'adoptai un rythme sur ma verge et fermai les yeux.

— Je t'aurais demandé de rester là, haleta-t-il d'une voix devenant plus aiguë. Je me serais mis à genoux et je t'aurais sucé si fort…

— Vas-y, l'encourageai-je quand il s'arrêta.

— Qu'est-ce que toi, tu ferais ? dit-il, me renvoyant la question.

Mon Dieu, comment étais-je censé réfléchir ?

— Je ne te laisserais pas bouger, je tiendrais ta tête et je baiserais ta bouche…

Silence. Il grogna ensuite et je reconnus ce bruit. Il atteignait l'orgasme. En quelques secondes, je le suivis, faisant des va-et-vient dans mon poing avant de retomber sur le lit, épuisé.

Nous restâmes tous les deux silencieux. J'ignorai combien de temps cela dura, mais ce fut Ben qui brisa le silence.

— Je n'ai jamais fait ça auparavant, murmura-t-il, mais te voir à l'écran et assister à ta victoire…

J'avais l'impression qu'il était en train de s'excuser, même si j'ignorais pourquoi. Était-ce parce que c'était une première pour lui ? Ou parce qu'il avait été excité par un match ?

— Je n'avais jamais pris mon pied par téléphone non plus, mais les matchs de hockey m'excitent, admis-je.

Je ne mentais pas. Je n'avais jamais eu une telle connexion avec un homme pour faire quelque chose de si incroyablement intime, mais j'étais le premier à admettre que je m'étais déjà masturbé à cause d'un match, auparavant.

Davantage de silence. J'étais sur le point de dire quelque chose de stupide lorsqu'il commença à parler.

— Je ne veux pas dire que ma vie sexuelle avec Liam n'était pas épanouie. Elle l'était.

Ai-je envie d'entendre ça ?

— C'est juste que nous étions toujours l'un avec l'autre. Nous travaillions ensemble, nous vivions ensemble, je l'aimais tellement. Je ne voulais pas être loin de lui.

Que voulait-il que je réponde à ça ?

— Ouais.

C'était la seule chose à laquelle je pouvais penser. Une part de moi avait besoin de l'entendre parler de son mari, puisqu'à ce moment, il comprendrait que ce que nous avions n'était pas la même chose. Ce n'était que du sexe.

L'autre part de moi souffrait pour lui, se sentait désolée pour lui, parce qu'il avait dû connaître une perte si dévastatrice.

— Je suis désolé qu'il soit décédé, ajoutai-je.

Je pensais qu'il avait besoin d'entendre ça.

— Merci, murmura-t-il. Je ne… Je n'ai pas besoin…

Il cherchait clairement les bons mots.

— Je suis désolé d'avoir gâché le moment, conclut-il.

Ma réponse classique aurait été quelque chose de sale à l'idée de m'être masturbé au son de sa voix, et je l'aurais remercié parce qu'on s'était bien amusé. C'était le vieux Max. Le Max qui existait avant que je rencontre Ben, avant qu'il me fasse repenser à ce que je faisais de ma vie.

Oui, je prenais ma retraite dans quelques semaines, oui, je vivais dans la peur de la mort qui planait au-dessus de moi, mais, curieusement, Ben m'atteignait profondément, au-delà de toutes mes peurs qui me nouaient. Il touchait quelque chose de glacial et le transformait en chaleur.

Alors je réfléchis à ce que j'allais dire.

— Tu n'as rien gâché, Ben. Je veux que tu me parles. J'ai besoin de *te* connaître.

J'ignorais d'où venaient ces mots. Je savais seulement qu'ils étaient vrais.

NOUS AVIONS quelques jours de libres avant notre prochain match. Nos adversaires n'avaient pas encore été décidés, puisque les autres équipes avaient eu besoin des sept matchs pour se départager, ce qui signifiait que lorsqu'ils nous rencontreraient lors du prochain tour, ils seraient fatigués.

Du moins, c'était ce que le coach Benton avait dit,

simplement, clairement et sans aucune émotion. On aurait pu croire que cet homme serait enthousiaste à l'idée d'avoir été si loin dans les play-offs, mais il était calme et rationnel à propos de tout ça. Aujourd'hui, il nous faisait travailler sur la défense de Ten, ce qui était un enseignement en soi. Le gamin n'était pas juste rapide, il avait sa propre façon d'observer la glace, une conscience qui nous faisait danser dans tous les sens, Westy et moi. Sans parler de Stan, qui passait beaucoup de temps à tapoter les cages pour s'excuser. La seule fois où j'arrêtai vraiment Ten fut quand je repris mon souffle. Il ne s'était pas rendu compte que je m'étais arrêté et avait heurté ma silhouette immobile. Il n'était même pas essoufflé.

— Pardon, s'excusa-t-il.

Et il partit à toute allure dans la direction opposée.

— Tu penses que Jared met du speed dans les céréales de Ten ? rouspéta Westy à côté de moi.

Je tapotai son mollet avec ma crosse.

— Non, on vieillit simplement.

— J'ai vingt-quatre ans, salaud.

Je le regardai de haut en bas.

— Alors, ouais, tu es juste lent.

Westy souffla et nous reprîmes nos positions, regardant un Ten souriant, la crosse en main, le palet devant nous. Bon sang, ce gamin allait nous emmener à la finale, je le savais jusqu'au fond de mes os.

— Essaie de mettre moi un but, cria Stan.

Ses mots étaient encore plus mélangés que d'habitude. J'admirais ce grand homme, avec son vocabulaire tout droit sorti d'un film d'espionnage et son amour pour tout ce qu'Erik faisait.

— Je t'en ai déjà mis deux, hurla Ten.

Stan grogna. Je pus l'entendre d'ici.

— J'ai laissé toi marquer. Pour faire gros ego à toi, répliqua-t-il, déterminé.

Puis il prit position.

Ten bougea, il partit à toute allure. Il slaloma à gauche, prit un virage serré, coinça ma crosse avec la sienne, la releva, puis poussa le palet entre les jambes de Westy, avant de tirer en direction du but. Heureusement, Stan était plus observateur et bien plus rapide que Westy et moi. Il attrapa le palet, tapotant sa cage en le serrant contre son torse comme un chaton, le protégeant.

— Tu crains comme les Roomba qui coincent sur les tapis, hurla-t-il à Ten.

J'observai Stan et Ten se quereller gaiement. J'attendis que la prochaine paire de défenseurs prenne notre place, puis je jetai un coup d'œil aux poutres en haut de la patinoire. Il n'y avait pas encore de maillots de joueurs ayant pris leur retraite, et je doutais qu'on retire mon numéro après ma retraite, puisque cela ne faisait que quelques mois que j'étais là. Pourtant, je ferais partie de l'histoire de l'équipe, et nous allions au prochain tour de la compétition.

Arvy patina jusqu'à moi, toujours dans son équipement antichoc. S'il avait été en bonne santé, il aurait été un formidable attaquant inarrêtable.

— Encore combien de temps ? demanda Westy.

Il baissa les yeux vers la jambe blessée, comme s'il allait être capable de détecter quelles seraient les blessures. Puis je me rendis compte que je faisais la même chose.

Arvy haussa les épaules.

— Je vais peut-être bientôt pouvoir reprendre.

Ten s'arrêta en dérapant à côté de nous.

— Tu reviens pour le prochain tour ?

Il semblait rempli d'espoir, mais Arvy n'avait rien à nous apprendre.

À part une chose intéressante.

— Tu regardes Monsieur Avril, déclara-t-il en contractant ses muscles. Je gère encore.

— Juillet, répondit Ten. Ils voulaient que je sois torse nu. Jared n'était pas impressionné.

J'ignorais totalement de quoi ils parlaient, mais lorsque Westy se joignit à nous pour annoncer qu'il était novembre et que le photographe avait voulu qu'il s'asseye dans de la fausse neige, je fus intrigué.

— C'est le calendrier pour le refuge, celui pour lequel on pose avec des chiots pour récolter de l'argent. C'est Ben qui organise ça, m'expliqua Ten en me lançant un regard rusé.

— Tu es quel mois ? me demanda Arvy.

— Je n'en ai aucune idée.

Je n'étais pas certain qu'on me donne une quelconque place. J'étais là pour la coupe, pour donner de la puissance et de la force, mais après cela, je doutais que les Railers m'aient gardé si je n'avais pas prévu de prendre ma retraite.

— Il sera octobre, déclara Arvy. Donnez-lui des cornes et il peut être un diable.

— On devrait le peindre tout en rouge, ajouta Westy.

— Je vous déteste tous.

Mais au moins, cette plaisanterie évita de nous concentrer sur la raison pour laquelle on ne m'avait pas demandé de poser pour un quelconque mois. Je ne voulais pas parler de tout ça maintenant, ma détermination devait se focaliser sur la coupe. Alors que je me douchais, je pensai au reste de ma journée et me sentis apaisé.

Après l'entraînement, j'allai au refuge pour rejoindre Ben. Nous allions également passer une nuit ensemble, lors de laquelle nous allions vraiment essayer de nous envoyer en l'air plutôt que de nous endormir.

La vie était géniale.

Puis je pensai à ce que je voulais retirer de cette soirée. Je n'avais pas envisagé de m'envoyer en l'air avec Ben. J'avais pensé à lui faire l'amour.

Ma tête fut douloureuse.

Chapitre 9

BEN

— BENTON, SI TU NE FAIS PAS ATTENTION, LES HOT-DOGS seront plutôt des cramés-dogs.

Je sursautai en entendant la voix de Glenna à côté de moi.

— Pardon, je regardai les enfants jouer au hockey dans la rue.

Je me précipitai pour tourner les saucisses avec mes pinces réservées au barbecue, tandis que le monde grouillait dans mon jardin, sirotant de la limonade et grignotant des chips.

— Hmm-hmm. Je suis sûre que ce sont effectivement les enfants qui jouent au hockey dans la rue qui te font écarquiller les yeux d'un air rêveur.

Mon regard se porta sur Max, entouré par un tas de gamins de banlieue qui s'amusaient au milieu de la rue. Il était transpirant et fatigué, pourtant il riait d'une voix forte comme n'importe quel gamin sur le bitume. Peu d'entre eux savaient jouer au hockey, mais ils apprenaient vite. Max avait une patience incroyable et une bonne humeur infinie. Il était tellement différent de l'homme qui traversait la glace, cherchant simplement quelqu'un à qui botter les fesses. Il remplissait mon cœur de sentiments que je n'aurais jamais cru ressentir de nouveau. Des sensations qui m'étourdissaient, me faisaient bander, m'effrayaient et me causaient quelques regrets.

— Benton, les hot-dogs ?

— Oh, bon sang, tu as raison, pardon.

Je sentis le rouge monter dans mon cou.

Tante Glenna fit claquer sa langue, puis commença à rire, amusée.

— D'accord, c'est bon, je reluquais peut-être Max.

— C'est vrai qu'il est beau en short et débardeur, mais bon sang, cet homme a besoin de prendre le soleil.

Elle partit pour voir comment allaient les invités de ce repas improvisé. Les « invités » étaient un autre mot pour désigner tous les habitants du voisinage et « repas improvisé » était synonyme de fête de quartier pour célébrer le passage des Railers au prochain tour du championnat avant leurs matchs contre la Floride. Encore un tour et ils seraient en lice pour la Coupe Stanley. J'étais si fier de Max et de son équipe. C'était si enthousiasmant de faire partie de son cercle d'amis intimes, même si j'étais un drôle de membre dans le club des copines et femmes de l'équipe.

Tante Carol apparut à ma gauche, mâchonnant un bâtonnet de carotte.

— Ne les laisse pas trop longtemps, Benton. Personne n'aime quand elles sont cramées.

Je baissai les yeux sur la vieille femme à côté de moi.

— Tu peux me dire qui porte un tablier qui affirme qu'il est le « Roi du barbecue » ?

Je tapotai le vêtement enroulé autour de ma taille avec mes pinces.

— Ouais, c'est ça. Moi. Alors, va t'inquiéter pour quelqu'un d'autre.

— Dis donc, tu es insolent, aujourd'hui.

Elle ricana et me donna un petit coup avec sa carotte avant de s'en aller pour discuter.

J'aimais ces deux vieilles femmes. Elles avaient organisé tout cela et n'avaient pas une seule fois vendu la mèche. C'était impressionnant, parce qu'il n'y avait rien que mes tantes aimaient plus que de balancer des ragots. Enfin, à part faire la révolution contre les chefaillons, bien entendu.

— Comment ça se passe avec les hot-dogs ?

J'étais prêt à insulter quiconque me poserait encore la question sur ce que je préparais. J'étais le roi du barbecue. Je savais comment faire griller une saucisse.

— Ou peut-être que je n'ai pas le droit de le demander ?

— Non, monsieur, vous avez le droit de poser la question.

Je souris à mon pasteur et espérais qu'avoir eu de mauvaises pensées envers lui ne me mettrait pas sur la liste noire du Seigneur. Le pasteur Bert, et, oui, Bert était son nom de famille, tandis que son prénom était Alabaster, était un grand homme mince, aux cheveux blancs, qui souriait constamment. Il avait perdu sa femme de quarante-neuf ans, il y avait de cela deux ans, et désormais, tous ceux qui se rendaient dans l'église baptiste Rose de Beulah essayaient de lui trouver une petite amie. Un peu comme ils avaient essayé de me trouver un copain après le décès de Liam.

— Dois-je comprendre que tout le monde s'inquiète pour les hot-dogs ? s'enquit-il d'un air malicieux.

— On pourrait dire ça.

Je gloussai et retournai les saucisses.

— Les gens aiment mettre leur nez où il ne faut pas, commenta-t-il.

Son regard se riva sur les enfants et Max en train de jouer dans la rue barrée.

— J'étais ravi de voir ton nouvel ami à la messe. Il a l'air d'être quelqu'un de bien.

— Oui, monsieur, il l'est.

— Tu sais qu'il est le bienvenu dans notre maison du culte quand il le veut ?

— Oui, Monsieur, je le sais. Et merci de toujours m'ouvrir vos portes, ainsi qu'à toute la communauté LGBTQ.

Le pasteur Bert me sourit. On voyait bien l'amour de son travail, juste là, dans ses pupilles.

— Benton, le Seigneur aime tous ses enfants. En tant que son serviteur, ce serait un affront de ne pas tous les aimer également.

Il me tapota l'épaule, puis se pencha vers moi.

— En plus, j'espère peut-être obtenir quelques billets pour mon groupe de jeunes, lors des matchs de la prochaine saison.

Ceci me fit éclater de rire.

— Je demanderai à Max de dire à quelqu'un de son staff de vous appeler.

— Merci. Ne sois pas en retard pour la chorale, la semaine prochaine. Je vais voir quels gâteaux les voisins ont apportés. Clara Miller a dit qu'elle apportait son célèbre gâteau au chocolat. Je suis faible quand je me retrouve face à une pâtisserie au chocolat.

J'espérais qu'il gardait cette faiblesse pour lui. Clara était veuve, c'était une bonne candidate pour être sa nouvelle petite amie.

Max et les enfants poussèrent des cris de joie. Quelqu'un avait dû marquer. Son regard me trouva de l'autre côté du jardin et parmi tous les voisins. Un feu brûlait dans ses iris magnifiques. Je le regardai fixement pendant un long moment, jusqu'à ce que quelqu'un hurle que les hot-dogs étaient en feu. Puis je m'occupai de la cuisine et plus de mon homme. J'allais devoir me charger de lui plus tard.

DÈS QUE LA porte de ma maison fut fermée, je m'occupai justement de lui. Et il semblait que Max était tout à fait disposé à ce que ce soit le cas.

J'appuyai son dos contre le mur, le frigo cliquetant à côté de nous.

— Rester assis là toute la soirée à te regarder sans pouvoir te sauter dessus était une torture.

Je remontai ce débardeur sexy jusqu'à son menton, mes doigts s'insinuant dans les boucles sur son torse tandis que mes lèvres se posaient sur les siennes. Max bandait déjà, il était prêt. Il leva les mains pour prendre mon visage en coupe alors que je frottai mon sexe contre le sien. Je tirai sur ses tétons et il me suçota la langue.

— Merci, mon Dieu, DK a demandé à passer la nuit chez Carol et Glenna, haleta-t-il entre nos baisers chauds et mouillés.

— Je l'ai payé cinq dollars pour qu'il passe la nuit là-bas.

Je plongeai mes mains dans son short.

— Je lui en ai donné vingt.

Nous rîmes tous les deux, puis nous nous séparâmes suffisamment longtemps pour nous précipiter dans la chambre. Bucky était parti se coucher dans sa cage, tout seul. Il était allongé là, la tête sur ses pattes, la queue tapotant doucement le coussin rembourré.

— Bon garçon, chuchotai-je.

Je lui donnai une friandise, puis fermai la cage et la verrouillai. Max m'attendait à côté des escaliers, arborant un sourire affectueux. Il me tendit la main. Je la saisis et le guidai jusqu'à mon lit.

Une fois que nous fûmes entrés dans ma chambre, les choses changèrent curieusement. L'air autour de nous se mua en autre chose, peut-être à cause d'une légère altération de nos auras. Bon sang, je ne savais pas ce que c'était, mais il y avait une douceur dans la façon dont nous nous touchions, dont nous nous goûtions, que je n'avais pas sentie auparavant. Ses mains bougeaient révérencieusement sur ma peau, et sa bouche effleura mon cou.

— Qu'est-ce que tu veux de moi, ce soir, Ben ?

Max se glissa entre mes jambes, m'emprisonnant, les mains de chaque côté de ma tête. Sa verge fut comme une barre de fer rougie posée à côté de la mienne.

— Dis-moi ce que tu veux de moi.

J'aurais pu dire un million de choses... peut-être que j'aurais *dû* les dire. J'aurais pu lui demander de me faire l'amour et pas seulement de me baiser. J'aurais dû lui avouer que je voulais qu'il tienne à moi tout comme je m'étais attaché à lui.

— Réveille-toi à mes côtés.

Ce fut tout ce que je pus dire.

Il m'embrassa, à bout de souffle, puis releva mes jambes vers mon torse, coinçant mes chevilles, permettant à son sexe de glisser sur mes testicules.

— J'adorerais me réveiller à tes côtés, répondit-il.

Ses mots étaient teintés de désir. Je laissai mes yeux se fermer alors qu'il déchirait un emballage de préservatif, puis déposait du lubrifiant dans sa main. L'entendre recouvrir son membre me traversa d'un éclair aveuglant de désir.

— Tu es prêt pour moi ?

— Mon Dieu, oui, haletai-je en m'agrippant à lui.

Il se glissa en moi dans un long mouvement fluide. Lorsqu'il fut aussi profond que possible, il appuya mes jambes plus fermement contre mon torse et commença à bouger. Il donna de rapides coups de reins, secs et profonds, qui me coupaient le souffle tout en me menant bien trop rapidement à l'orgasme. Bon sang, il savait comment bouger, comment faire des va-et-vient avec ses hanches, comment caresser mes testicules et mon sexe.

— C'est ce que tu veux de moi, Ben ?

— Oui… oui… oui.

Ma jouissance me heurta violemment. Je me cambrai, retombai et hurlai son nom. Sa main droite tenait mon sexe palpitant, la gauche maintenait mes jambes contre mon torse. J'éjaculai sur le bas de mon ventre et mes mollets. Max se frotta contre moi. Je criai à cause de la profondeur et de la pression. Puis il me suivit dans l'orgasme, ses grognements d'accomplissement me faisant frissonner. Il relâcha ma verge et s'effondra sur le lit à côté de moi, son membre sortant de mon orifice. Baisser mes jambes fut à la fois douloureux et glorieux.

Max ne dit rien pendant un long moment. Je me levai du lit pour trouver un t-shirt sale afin de nous essuyer pendant qu'il s'occupait du préservatif. Il tendit la main vers moi quand je retournai sur le lit, m'attirant à lui. Nous restâmes allongés, nous dévisageant. Je crus la voir dans ses yeux. Cette émotion que nous cherchions tous. Cette sensation brillante sur laquelle les paroliers écrivaient des chansons et dont les poètes faisaient l'éloge avec éloquence. Je savais que je la ressentais. Je croyais que je la ressentais. Peut-être que c'était simplement parce que je voyais l'amour grandir en moi et se refléter dans ses yeux. Peut-être que je me projetais trop, ou que je prenais mes désirs pour des réalités.

— Tu vas bien ? demanda-t-il un moment plus tard.

J'acquiesçai et souris, avant de balayer tout ce côté sentimental.

— Tu as une drôle de tête.

— Ça, c'est celle que je fais quand l'orgasme s'attarde, répliquai-je malicieusement. Toi aussi, tu fais une drôle de tête.

— Je ne peux pas m'en empêcher, je suis né avec.

Cela me fit ricaner.

— J'aime bien ton visage.

Je me tortillai pour me rapprocher de lui, et il passa un bras épais au-dessus de mon épaule.

— Moi aussi, j'aime bien ton visage.

· · ·

ME CONCENTRER sur le travail était la seule chose qui m'empêchait de penser à Max, qui me manquait, et de m'inquiéter à propos de Rolf. Cet homme s'était montré trop discret. Je soupçonnais qu'il attendait son heure pour mettre sa torture à exécution. J'avais même appelé l'un des flics que je connaissais pour discuter de la situation avec lui. À moins que DK soit prêt à déposer plainte, la police ne pouvait pas faire grand-chose. Son meilleur conseil avait été d'être prudent et de passer un coup de fil s'il se pointait.

Cette information s'attarda dans mon esprit, comme l'odeur d'un ragoût d'agneau rance nous resterait dans les narines. Malheureusement, Max n'était pas là pour m'aider à apaiser mes inquiétudes.

Les Railers et lui se reposaient, se préparant pour les deux premiers matchs de conférence dans le championnat, contre la Floride. Heureusement, ils commençaient chez eux, mais il nous fut impossible de nous voir. Nous parlions dès que le travail, l'entraînement et les services de presse nous le permettaient. La pression des médias était folle. Jusqu'ici, j'avais réussi à rester à l'écart de la lumière des projecteurs, et ça ne me dérangeait pas. Je n'avais vu mon nom qu'une seule fois, en relation avec le sien, sur un blog de sport que DK m'avait montré.

Je n'avais aucun problème dans le fait d'être vu à ses côtés. J'avais fait mon coming out longtemps auparavant. J'avais été marié et j'avais ouvertement géré Crossroads avec Liam. Alors penser aux caméras braquées sur mon visage ne m'inquiétait pas. C'était simplement l'intensité des médias et des fans, alors que les équipes se battaient dans le dernier tour, qui me préoccupait. Certaines des choses que je lisais en ligne, dirigées à l'encontre des joueurs, m'horrifiaient. Et la haine ignoble jetée au visage de Tennant Rowe parce qu'il aimait un homme m'attristait profondément. Je ne comprendrais jamais comment ceux qui se prétendaient enfants de Dieu pouvaient déformer les paroles d'un homme qui prêchait l'amour pour les transformer en haine.

Le refuge avait été inondé de nouveaux arrivants. Nous avions maintenant tellement de chats qu'il était difficile de trouver de la place pour tout le monde. Quatre chiens avaient été secourus. L'un d'entre eux était en si mauvais état qu'il avait été impossible de sauver cette petite chose affamée. Notre vétérinaire l'avait donc euthanasié en douceur. Nous avions un caniche croisé qui avait été si sale et dont les poils avaient été si emmêlés que nous avions dû le raser complètement. Elle allait difficilement séduire les familles sans ses jolies boucles brunes, donc cela signifiait qu'elle passerait un bon moment ici. Pendant une heure après la fermeture des portes, je continuai de tenter de faire en sorte que le refuge ait assez d'argent, mais c'était impossible.

— Que tout ça aille au diable.

Je soupirai, poussant mon bureau. Mes yeux me picotaient, mon dos était raide et mon cœur lourd. Nous allions devoir faire appel à un autre donateur généreux pour couvrir les dépenses du mois prochain. Puisque nous avions si peu d'argent liquide dans nos caisses, nous devions piocher dans nos économies pour certains impératifs, comme la publicité. Bucky s'agita à côté de moi, me lançant un regard interrogateur.

— J'aurais aimé naître riche plutôt qu'aussi beau.

Il remua joyeusement sa queue après ma plaisanterie.

— Allons voir comment va Cacao et on rentrera à la maison après.

Bucky se précipita vers la porte du bureau, puis courut vers le chenil. Je le laissai à l'extérieur, malgré son regard triste. Ce n'était pas pour rien si on isolait les nouveaux arrivants des autres chiens.

Cacao, qui n'avait plus vraiment la couleur du cacao sans sa fourrure, avança sur le carrelage, son derrière minuscule s'agitant et sa queue nue battant. Elle semblait assez à l'aise. Merci, mon Dieu, nous étions à la fin du printemps et non en hiver. Cette pauvre bête minuscule gèlerait, autrement.

Elle courut après la petite friandise que je jetai dans sa cage, la mangea et se blottit de nouveau sur son coussin. Bucky me jeta un regard noir quand je sortis.

— Désolé. Tu pourras lui rendre visite bientôt.

J'accrochai sa laisse et le guidai à l'extérieur, fermant la porte à clé et enclenchant le système de sécurité.

Bucky s'assit à côté de moi, la langue pendante, le museau à la vitre, appréciant le vent sur son visage. Si seulement la vie était aussi simple pour nous, les humains. Avoir quelqu'un qui m'attendait à la maison me manquait terriblement. Dîner avec un homme qui me demandait comment ma journée s'était passée me manquait. Ces petites choses devenaient immenses quand elles disparaissaient de vos vies. Un gentil rappel de payer la facture d'eau, d'acheter du lait.

— Est-ce qu'on a besoin de lait ?

Bucky éternua, remplissant l'air ambiant de morve canine.

— Je vais prendre ça pour un non.

Me garant devant notre rangée de maisons en briques, je vis que les lumières étaient éteintes chez mes tantes. Il y avait une réunion du conseil d'administration de l'école ce soir. Elles y avaient probablement traîné DK. Elles aimaient l'avoir comme chauffeur, pour qu'il les emmène partout. En vérité, le fait que DK conduise apaisait un peu mon esprit. Mes tantes avaient déjà cabossé plusieurs voitures l'année passée. J'espérais qu'il était avec elles, parce que j'aimais ce gamin. Néanmoins, mon esprit était amer ce soir. Mon dos était douloureux à cause de mes inquiétudes pour le travail et l'envie de quelque chose de plus dans ma vie personnelle. Un repas chaud, une bière fraîche et une longue douche allaient peut-être m'aider à ne plus avoir le blues. Je vis mes baskets dans le placard quand j'allai y pendre la laisse de Bucky. Un jogging. Ouais, ça pourrait m'aider. Bucky et moi pouvions aller à Wilwood Lake pour transpirer un peu, et peut-être que nous ferions une pause sur le même banc que Max et moi lorsque nous avions eu un genre de rencard.

J'aimais beaucoup cette idée. Après m'être rapidement changé, optant pour un short de sport et en débardeur des Railers, ce que mes amis de D.C. ne me pardonneraient jamais, et après avoir laissé un petit mot sous la porte de mes tantes en leur disant où j'étais et quand j'espérais rentrer, je mis Bucky dans la voiture et nous partîmes.

Dès que je sentis le gravier craquer sous mes chaussures et les muscles de mes cuisses réagir, je sus que cela avait été une bonne idée. Bien sûr, il faisait chaud et je transpirais déjà, mais ça me plaisait. La transpiration, c'était comme de l'inquiétude qui ruisselait par vos pores. Bucky trottinait à mes côtés, heureux d'être actif. Les chiens comme lui n'étaient pas faits pour rester allongés dans un bureau toute la journée. J'étais un mauvais maître pour chien, ainsi qu'un petit ami minable. Si j'étais un petit ami, en fait, ce que je ne pensais pas. Max ne semblait pas pressé de s'engager. Devrais-je lui laisser un indice ? Peut-être que je devrais lui demander de sortir avec moi lors d'un rencard. Un véritable rencard. Pas une partie de jambes en l'air. Quelque chose de romantique. La sueur coula dans mes yeux alors que nous passions dans la zone humide, le chant de minuscules grenouilles se réchauffant pour la nuit fut comme un concerto qui remplissait l'air mouillé.

Mes jambes me brûlaient et le creux de mes reins était tendu, mais je commençais à me sentir mieux. J'allais demander à Max de sortir avec moi. Pour dîner. Dans un restaurant. Avec d'autres personnes. Je tiendrais sa main et lui dirais que je n'aimais pas simplement son visage, même si je l'aimais beaucoup. Puis nous pourrions rentrer à la maison et nous nous enverrions en l'air. Ouais. Souriant malgré mes tendons qui se plaignaient, je tournai à un coin, et là, se trouvait Rolf, appuyé contre un chêne au tronc épais.

M'avait-il suivi jusqu'au parc ? Quelle pouvait être la raison de sa présence dans un jardin public quelconque en même temps que moi ?

Je m'arrêtai brusquement, Bucky à mes côtés. Voir Rolf ici, avec les ombres du soleil en train de se coucher derrière lui, me donna l'impression de voir un fantôme. Liam et lui se ressemblaient tant qu'on les prenait parfois pour des jumeaux. La colère et la peur s'insinuèrent en moi. Je resserrai ma prise sur la laisse de Bucky. Le chien commença à gémir, hésitant et furieux, à cause des sensations sombres qui émanaient de moi.

— Tu me suis ? haletai-je.

Il tordit ses lèvres. Comment quelqu'un pouvait-il le prendre par erreur pour son petit frère gentil, aimant et attentionné ? Ça me dépassait. On pouvait voir la haine dans ses yeux bleu clair.

— DK ne rentrera pas à la maison.

— Comme si je voulais que ce petit con revienne sous mon toit. Tu lui as probablement déjà retourné la tête, comme avec Liam.

Il ne bougea pas, il resta planté là, nonchalamment appuyé contre ce foutu arbre. Il avait simplement l'air d'un mec parlant à un autre qui faisait une pause dans son jogging.

— Qu'est-ce que tu veux ?

— Je veux ce qui est à moi. Ce que Liam allait me léguer jusqu'à ce que tu insinues ton petit cul de pédé dans sa tête et le pervertisses.

Je souhaitais amèrement garder mes émotions sous contrôle, comme Rolf. À part le feu révulsé dans son regard, il était d'un calme olympien. Il était beau, oui, et sans prétention d'une certaine façon.

— Mais qu'est-ce que tu racontes comme conneries ?

Bucky émit un grondement du fond de sa gorge. Je ne lui intimai pas d'arrêter.

— Je veux la moitié des biens de Liam. C'est ce que j'aurais obtenu si tu ne l'avais pas obligé à changer.

J'ouvris légèrement la bouche. Quels biens ? La seule chose dont il était propriétaire, c'était la moitié du refuge. Cet investissement était devenu mien quand il était décédé.

— Tu es fou.

Une jeune femme passa à côté de nous. Rolf lui sourit chaleureusement. Elle lui fit un signe de tête en retour.

— Jolie, hein ? Oh, ouais, c'est vrai. Ton espèce n'aime pas les nichons et les chattes.

— J'en ai fini avec toi. Si tu veux de l'argent, demande un prêt. Tu n'auras pas un seul centime de ma part. Liam et moi étions mariés. Légalement. Tout ce qui était à lui m'est revenu. Et ce qui était à moi lui serait revenu si j'étais mort.

— Si tu étais mort. Ouais, on peut arranger ça.

Il lança un regard assassin à mon chien en train de gronder. Il partit ensuite d'un pas tranquille, le soleil se couchant rendant son ombre plus longue et déformée.

La transpiration perlait sur mon cou, glissant le long de ma colonne vertébrale, me refroidissant. Venait-il juste de me menacer ? Je restai planté là pendant un long moment, fixant l'endroit où Rolf s'était trouvé, frissonnant malgré les vingt-six degrés de la journée. Ce salaud venait juste de me menacer.

— Doux Jésus, marmonnai-je.

La peur s'agrippa fermement à ma gorge. Je plongeai la main dans la poche de mon short et appelai la personne à qui j'avais le plus besoin de parler. Max.

Chapitre 10

MAX

Nous nous étions mis d'accord pour ne pas nous retrouver ce soir. Après-demain, nous avions notre premier match contre la Floride. L'équipe de Tampa Bay sortait tout juste de sept confrontations pour arriver jusqu'à cette étape, contre nous. J'avais pris la décision très adulte de me reposer ce soir. Ben m'avait rapidement manqué. J'avais regardé des conneries sur Netflix, trop nerveux pour regarder quelque chose de bien, trop distrait pour me lever et aller chercher la télécommande, qui était tombée sur le côté du canapé, hors de ma portée. Ben avait parié que je ne pourrais pas passer une nuit sans m'envoyer en l'air. La mise était de dix dollars. Je ne comptais pas perdre.

Aujourd'hui, l'entraînement avait été centré sur les actions en infériorité numérique. Nous étions vraiment doués là-dedans, pourtant, Stan n'avait rien laissé entrer. En tant qu'équipe, nous étions optimistes et il y avait un enthousiasme prudent dans la pièce. Je pouvais me concentrer sur le hockey, penser au hockey. Je ferais n'importe quoi pour ne pas songer à Ben et au sexe.

Pourtant, j'aurais aimé que Ben soit là. Ou être chez lui, parce qu'il avait ce don pour me calmer et m'aider à me recentrer. Pour me donner un but en dehors du sport qui n'était pas seulement sexuel.

J'espérais qu'il appellerait à un moment, comme un adolescent épris, mais jusqu'à maintenant, il ne l'avait pas fait. Je n'avais eu qu'un SMS me disant qu'il faisait la queue à Walmart. Autrement, ça avait été silence radio. Il me prenait vraiment au mot quand je lui disais avoir besoin de sommeil et de concentration pour le prochain match, où nous avions l'avantage de jouer à domicile. Le barbecue de la veille m'avait ouvert les yeux. Une grande partie de l'équipe avait été présente, même si personne n'avait mangé quoi que ce soit qui aurait pu leur provoquer une intoxication alimentaire quelconque. Juste au cas où.

Lorsque mon portable sonna, je me jetai dessus, répondant avant même de le mettre à mon oreille.

— Je savais que tu appellerais, dis-je d'une voix rauque triomphale. Tu me dois dix dollars.

— Max.

Son ton me fit taire, réduisit ma bonne humeur à néant, et je me relevai de ma position avachie.

— Ben ? Qu'est-ce qui ne va pas ?

— Je n'aurais pas dû appeler, déclara-t-il après un petit silence.

Au diable le pari. Je me levai et enfilai une veste, passant mon téléphone d'une main à l'autre, le gardant toujours collé à mon oreille.

— Qu'est-ce qui ne va pas ? répétai-je.

Je plongeai mes pieds dans mes baskets, gigotant jusqu'à ce qu'elles soient bien mises. Ma poitrine était serrée.

— C'est le refuge ? Quelqu'un est encore entré par effraction ?

J'avais parlé à l'entreprise qui assurait la sécurité, et on m'avait affirmé qu'ils avaient amélioré leur système et intensifié les rondes devant le bâtiment. Je ne pouvais m'empêcher d'avoir l'impression que ce n'était pas seulement le refuge qui était visé. Cette idée ne me plaisait pas du tout.

— Non.

Il avait une petite voix. J'attrapai mes clés alors même que j'écoutais ce qu'il disait. J'entendais la peur dans son ton et je n'étais pas prêt à rester là quand j'entendais ça. Je franchis la porte en moins d'une minute et rejoignis l'appartement de Westy. Il vivait dans le même immeuble que moi. Nous étions tous les deux locataires, puisque nous doutions de notre position permanente dans l'équipe. Bien sûr, Westy serait sélectionné, il était absolument génial. Mais moi, j'en avais fini. Il fallait que j'arrête.

Je frappai à sa porte alors même que je parlais à Ben.

— Où es-tu ?

— Je suis rentré à la maison, répondit-il.

— Je serai là dans dix minutes.

Un Westy à l'air endormi ouvrit la porte, et j'eus l'impression qu'il allait d'abord me maudire de l'avoir réveillé, puis son expression changea quand il m'observa attentivement.

— Qu'est-ce qui ne va pas ? s'enquit-il.

Il regarda derrière moi, s'attendant probablement à voir un quelconque désastre.

— J'ai besoin que tu me conduises quelque part.

Il ne discuta pas davantage. J'agissais comme un fou, mais il attrapa tout de même ses clés et nous descendîmes les escaliers en direction du parking.

Je ne voulais pas raccrocher.

— Parle-moi, Ben, le suppliai-je.

Westy me regarda du coin de l'œil alors que nous sortions du parking, mais je n'allais pas lui expliquer.

— Je t'attendrai, répondit Ben.

Il semblait rempli de regrets, mais il mit ensuite fin à l'appel.

— Ben ? Ben !

Ce n'était pas normal. C'était loin d'être normal.

— Où est-ce que je vais ? demanda Westy en sortant de notre immeuble.

Je devais réfléchir à la direction dans laquelle nous devions aller.

— Chez Ben. Tu te souviens où c'est ?

Westy était venu au barbecue, mais se souviendrait-il de la route compliquée pour y retourner maintenant ? Il tendit la main et sélectionna la dernière destination sur son GPS, je n'eus donc pas besoin de lui indiquer la direction.

Westy ne me posa pas une seule question. Heureusement, la route menant chez Ben était en grande partie déserte, jusqu'à ce que nous arrivions dans son quartier où nous ralentîmes avant de nous garer devant chez lui. Il n'y avait aucun signe de la voiture des tantes et j'espérais sincèrement qu'aucune d'elles n'avait été blessée, était morte, ou quelque chose dans ce goût-là.

Westy me suivit hors de la voiture. Je ne l'en empêchai pas. Bon sang, je n'étais pas sûr de ce que j'allais trouver.

Ben ouvrit la porte quand nous arrivâmes et, bon sang, il avait l'air secoué.

Nous entrâmes, Westy ferma la porte derrière nous et je pris Ben dans mes bras, tout cela dans une même action étrangement coordonnée.

— Que s'est-il passé ? demandai-je une nouvelle fois.

Ben s'agrippa plus fermement à mon t-shirt et plongea son visage dans mon cou. Westy nous contourna et disparut dans la petite cuisine, revenant avec une bouteille de whisky et un verre. Il fit un signe vers le salon et, lentement, prudemment, je guidai Ben dans cette pièce avant de le faire asseoir sur le canapé. Il m'attira avec lui et Westy s'installa sur la table basse devant nous.

Je n'étais pas convaincu de vouloir que mon coéquipier voie Ben ainsi. Ne devrais-je pas protéger Ben pour que personne n'assiste à un moment où il se montrait si vulnérable ?

— Que s'est-il passé ? s'enquit Westy.

Son ton était plus ferme que celui que j'aurais utilisé à cause de mon inquiétude enveloppée de peur.

— Je pense…

Ben leva les yeux vers moi et attrapa mes mains.

— Rolf.

D'accord, ce n'était pas le refuge, c'était ce salaud de Rolf, le père de DK, celui qui frappait son propre fils. Bon sang, attendez, c'était à propos de DK ? Je regardai autour de moi, comme si je m'attendais à ce que le gamin surgisse de nulle part, juste pour me rassurer en disant qu'il allait bien.

Rien.

— C'est DK ? Est-ce qu'il est blessé ?

Ben secoua la tête.

— Il est avec mes tantes et il ira chez Skipper après, murmura-t-il. Rolf ne sait pas où c'est.

— Qu'a fait Rolf, alors ?

— Je crois… Je suis stupide… Il n'aurait pas pu…

Ben s'interrompit et regarda fixement Westy, presque comme si c'était la première fois qu'il se rendait compte qu'il n'y avait pas que nous dans la pièce. Il se tendit et mon ami croisa son regard.

— Faut-il impliquer la police ? s'enquit-il.

Ben acquiesça et Westy composa le numéro d'urgence, le 911, avant même que je puisse récupérer mon propre portable.

— Police, dit Westy dans le combiné, puis il leva les yeux, se rendant compte brutalement qu'il ne savait pas pourquoi diable il les appelait.

— Rolf m'a menacé, murmura Ben.

Quelque chose rugit en moi et, à cet instant, j'eus envie de poursuivre Rolf et de le tuer. De le démembrer et de donner les morceaux de son corps à manger aux chiens. Je n'avais jamais ressenti une rage si meurtrière auparavant et sa force pure m'étourdit. Je ne pus entendre ce que Westy expliquait, à cause de tout le bruit dans ma tête. Je repoussai légèrement Ben et il se tourna vers moi.

— Dis-moi tout, crachai-je.

Il écarquilla les yeux. Si je n'avais pas été aussi furieux, ou si la peur n'avait pas saisi mon côté rationnel, peut-être que je me serais rendu compte que je perdais le contrôle.

Il s'éloigna de moi, mais s'agrippa à mon bras.

— Je vais le tuer.

Il tenta de se libérer, mais tout ce que je savais, c'était

que je ne pouvais arrêter de le toucher, que j'avais besoin de cette connexion.

— Max.

Il secoua de nouveau mon bras.

— Tu me fais peur.

Immédiatement, je le relâchai et m'éloignai de lui. Merde, je n'étais pas mieux que le salaud qui l'avait menacé.

— Je suis désolé, m'excusai-je.

Je levai les mains. Westy passa le whisky à Ben, et je le regardai fixement alors qu'il commençait à le siroter avant de finalement le boire cul sec. Nom de Dieu.

— Tu veux bien me dire… ?

— Il affirme qu'il veut…

Ben jeta un coup d'œil à Westy, qui hocha la tête pour montrer qu'il comprenait.

— Je vais préparer du café, annonça-t-il.

Il disparut ensuite dans la cuisine.

Ben fit un signe vers la silhouette en train de partir.

— Tu étais avec lui ?

— Westy ? Non, j'ai frappé à sa porte pour lui demander de me conduire jusqu'ici.

— Oh.

Nouveau silence.

— Dis-moi ce que Rolf a fait.

Ben se massa les tempes et ferma les yeux.

— Je ne me souviens même pas de la moitié, mais il a dit… Du moins, je crois qu'il a dit ça. Selon lui, me tuer est une option pour obtenir ce qu'il veut.

Le dragon en moi rugit bruyamment et je dus physiquement m'obliger à rester où j'étais. C'était aux flics qu'il fallait en parler. Ils viendraient ici, saisiraient la signification de tout ça, et arrêteraient Rolf, avant de tout remettre en ordre.

— Comment ça, tu penses savoir ce qu'il a voulu dire ? m'enquis-je après un moment.

— Ce n'est pas vraiment ce qu'il a dit, mais la façon dont il l'a fait. Il a ensuite souri à cette femme qui faisait son jogging et qui est passée à côté de nous. Tous ceux qui regardaient auraient pu penser que nous n'étions que deux gars en train de discuter, mais Bucky n'aimait pas ça.

Rien de tout ça n'était logique, sauf peut-être l'agacement du chien. Je le remarquai à l'intérieur de la cage, dans un coin de la pièce, roulé en boule. Son regard était fermement rivé sur Ben et moi.

— Il savait que j'étais en colère, donc je me suis dit que j'allais le mettre dans son panier, expliqua Ben.

Puis il se rapprocha de moi. Je l'attirai pour l'étreindre et nous attendîmes la police en silence.

Les officiers arrivèrent en même temps que le café, puis je dus l'écouter raconter l'histoire selon laquelle Rolf avait très probablement suivi Ben jusqu'au parc, l'avait intimidé, avait impliqué qu'il obtiendrait ce qu'il considérait comme légitimement sien en passant sur le corps de Ben. Je tentai de rester discret, le tenant contre moi alors qu'il parlait. Quand cela devint trop difficile, j'eus soudain envie de frapper dans quelque chose donc je m'éloignai.

Je me levai, me postai aux côtés de Westy et regardai Ben expliquer. J'avais *vraiment* envie de frapper dans quelque chose. Quelqu'un. N'importe qui.

Les policiers menèrent un interrogatoire poussé. Ils notèrent tout, retenant tout ce que Ben disait. Ils ne pouvaient pas faire grand-chose pour les sous-entendus que Ben avait cru entendre dans la déclaration de Rolf, mais ils mirent leurs informations à jour. Lorsqu'ils partirent, je leur serrai la main avant d'aller nettoyer les tasses à café. Westy s'en alla peu après, ne demandant même pas si je voulais qu'il me reconduise à la maison. Il savait ce qu'il se passait.

J'emmenai Ben jusqu'à son lit, le déshabillai prudemment, l'allongeai doucement et le tins contre moi.

Je ne dormis pas jusqu'à entendre sa respiration régulière et je passai une grande partie de ce temps à regarder fixement la photo de Ben avec son mari, Liam, qui n'était plus tournée vers la table de nuit.

Si Liam le regardait de là-haut et voyait à quel point son frère se conduisait en salaud, je pariais qu'il avait envie de revenir en ange vengeur, ou une connerie du genre. J'aurais pu tendre la main et tourner le cadre, mais cela ne m'effrayait pas de voir Ben si heureux avec son mari. En fait, c'était réconfortant de penser que je pouvais veiller sur Ben ici, et peut-être que Liam pouvait garder un œil sur lui *de là-haut*.

Lorsque je me réveillai, je ne le vis pas, néanmoins j'entendis du bruit dans la cuisine. Je perçus l'odeur du café. Ben semblait plus calme qu'hier soir.

— Peut-être que j'ai surréagi, suggéra-t-il.

— On voit toujours les choses d'une autre façon à la lumière du jour, déclarai-je. Ça ne veut pas dire qu'elles n'étaient pas horribles dans l'obscurité.

Je n'étais pas certain que ce soit la chose à dire, mais il m'enlaça. Nous nous embrassâmes et il promit de faire attention, au refuge, ce jour-là.

• • •

L'ENTRAÎNEMENT FUT UN ENFER. Cela n'aidait pas que je manque de sommeil et que j'essaie de défendre contre Ten. J'étais aussi inutile qu'un gamin de cinq ans sur la glace. Au point que Jared me le fasse remarquer et m'oblige à quitter la glace.

— C'est quoi ce délire ? demanda-t-il quand nous partîmes dans les vestiaires.

— Je n'ai pas très bien dormi.

Quelque chose dans mon ton dut me trahir. Il ne me sermonna pas sur le fait de protéger Ten, de garder le contrôle de mes poings, de ne pas blesser l'équipe adverse et de ne pas subir de pénalités stupides. Il m'ordonna d'aller me doucher avant de me dire de rentrer chez moi.

Je promis que je le ferais.

Je mentis.

Le refuge était silencieux et je trouvai Ben avec les chiots. Mon homme était par terre, enlaçant chaque bête qui le voulait. Il leva les yeux quand j'avançai et il me sourit.

On aurait dit que rien n'était assez horrible dans ce monde pour que des chiots ne puissent nous remonter le moral.

Je me joignis à lui en m'asseyant et nous discutâmes du hockey, de la Coupe, du refuge, de chiens et de la fois où j'avais perdu deux dents à cause d'un palet atterrissant dans ma mâchoire à cent cinquante kilomètres-heure.

Pas une seule fois nous ne parlâmes de Rolf ou de ses menaces, mais je m'étais assuré de tout mentionner à l'entreprise s'occupant de la sécurité. J'avais peut-être également engagé quelqu'un pour surveiller le bâtiment et garder un œil sur Ben. Juste au cas où.

Cependant, il n'avait pas besoin de le savoir.

. . .

LORS DE LA DEUXIÈME PÉRIODE, pendant notre premier match contre la Floride, j'aurais vraiment aimé qu'on me mette sur le banc. J'avais déjà passé du temps dans la cage des pénalités, deux fois, pour des infractions au règlement qui avaient été des accidents et n'avaient pas été intentionnelles. J'étais embrouillé et j'avais besoin de me recentrer sur le jeu, parce que je n'allais pas être responsable de la défaite des Railers avant la finale. Il y avait sept matchs dans cette étape du tournoi et nous devions en gagner quatre. La Coupe Stanley était si proche qu'elle était cruellement tentante.

Je sentis qu'on me tapotait l'épaule, je n'eus même pas besoin de lever les yeux pour savoir qu'il s'agissait de Jared. Je vis la tension étirer la bouche de Mads et la confusion dans son regard.

Je hochai la tête dans sa direction. Je savais ce qu'il allait dire. Nous étions à égalité avec deux buts de chaque côté et nos tactiques étaient si similaires que c'était douloureux à voir. Nous avions plus d'occasions, mais leur gardien était en forme et rien n'entrait dans sa cage.

Il se contenta d'acquiescer en retour, et lorsque j'arrivai sur la glace lors du prochain changement, j'étais concentré sur le hockey et non plus sur Ben.

Le match était irrégulier. Aucune équipe ne semblait avoir l'avantage et il y avait une part de chance dans les tirs qui réussissaient à entrer dans le but. Il y avait des rebonds hasardeux, des frappes sur les gardiens, le filet se décrocha à deux reprises des barres de fer. La confusion et la folie régnaient. Il ne fallut pas longtemps avant que les efforts de l'autre équipe pour cibler constamment nos attaquants payent.

Lorsque je vis leur défenseur pousser Ten contre les panneaux de protection, je fus soulagé. Non pas parce que Ten était blessé, il ne l'était pas, en réalité, puisqu'il réussit à se relever très rapidement, mais parce que j'avais une véritable raison de m'en prendre à quelqu'un.

Lorsque je fus envoyé en pénalité pendant deux minutes pour avoir été trop brusque, je sentis qu'au moins, j'avais réussi à évacuer une partie de la tension en moi. Je souriais et me moquais du défenseur de Tampa qui me criait des obscénités.

Jusqu'à ce que la foule rugisse et que je lève les yeux vers le match. Ten, en pleine action, éblouissait les spectateurs. Je sentis que le but était proche et je me levai, aux aguets. Mais je vis également le capitaine de Tampa foncer sur le jeune joueur. La trajectoire était mauvaise. Je hurlai à Westy de se mettre entre eux, néanmoins il n'était pas là où il aurait dû se trouver. Ten était vulnérable, sans protection, puis le temps ralentit pour moi. Avec la certitude glaçante qu'ils allaient se heurter, je ne pus m'empêcher de jurer, complètement horrifié. Ten dut comprendre au dernier moment. Au moins, sa tête était relevée, mais l'impact de deux hommes se cognant, glissant contre le mur, fut suffisant pour faire taire toute la patinoire. Ce fut un méli-mélo de bras et de jambes. Les deux hommes restèrent immobiles pendant un moment, avant que tout accélère à nouveau. Les équipes se précipitèrent sur les deux joueurs, les aidant à se relever.

Merde ! Est-ce que Ten était blessé parce que j'avais senti que c'était absolument nécessaire de passer un mec à tabac ? Étais-je tant un homme de Neandertal que la seule façon pour moi d'évacuer la douleur était de la provoquer chez les autres ? Je retins mon souffle. À mon avis, ce fut le cas de tous les spectateurs.

Puis Ten se releva, poussant le capitaine de Tampa et l'insultant. Ça n'arrivait pas souvent avec lui, il était trop rapide pour se faire heurter d'habitude, mais le voir face à un homme qui l'avait fait tomber de ses patins me fit sourire comme un idiot. Je regardai le banc, voyant Mads, les bras croisés sur son torse. Je voulus qu'il me regarde, qu'il se connecte avec moi et se réjouisse que Ten aille bien. Il ne se tourna pas une seule fois dans ma direction. Il me serra tout de même l'épaule quand je fus de retour sur le banc. Il savait ce que c'était que d'être en pénalité et de voir les hommes qu'on devait protéger vulnérables sur la glace.

Mon esprit divague alors de nouveau vers Ben.

Nous gagnâmes le match, mais ce fut uniquement grâce au rebond du palet sur les protections du gardien. Il n'y avait rien de malin dans le match de ce soir, aucune finesse.

Dès que je le pus, je jetai un coup d'œil à mon portable. Ben n'avait pas pu venir au match ce soir, il devait faire son tour de garde au refuge, mais DK était avec lui et l'entreprise chargée de la sécurité m'assurait que tout était calme.

J'avais reçu un SMS de Ben, me félicitant avec un emoji lançant un baiser. Étrangement, il y en avait également un de ma mère, qui suggérait que nous devrions rapidement battre Tampa, presque comme si elle savait de quoi elle parlait. Je lui envoyai la promesse que nous le ferions, puis je me reconcentrai sur le SMS de Ben. Je réfléchis à ce que j'allais écrire, mais je ne trouvai rien à dire.

Alors je fis ce que n'importe quel amant qui se respectait faisait lorsqu'il voulait parler à son partenaire.

Je hélai un taxi et me rendis au refuge. Il n'y avait pas de match demain, pas d'entraînement, juste un petit échauffement optionnel.

Et ce soir, je voulais vraiment passer du temps avec Ben.

Chapitre 11

BEN

J'ATTENDIS QUE MAX ARRIVE. JE SAVAIS QU'IL VIENDRAIT. Parlez d'intuition, du pouvoir de la Force ou d'une bonne devinette, mais je pouvais sentir qu'il se rapprochait. J'imaginai son choc quand il arriva devant les grilles fermées du refuge et que je l'attendais, le moteur allumé, prêt à l'emmener pour un vrai rencard.

— Salut, dit-il prudemment en payant et donnant un pourboire au chauffeur.

—Salut, toi, répondis-je.

J'étais appuyé contre le capot de ma voiture, les bras croisés, incarnation parfaite de Monsieur Cool. Si seulement mon moi intérieur était aussi détendu que mon moi extérieur. Mon estomac était une boule de nerfs, mon cœur avait des ratés, mon corps vibrait et ma verge gonfla rien qu'en voyant mon homme dans son costume cravate.

Max jeta un œil à travers les grilles du refuge. Des crickets pépiaient et un chien aboyait. L'air était alourdi par l'humidité. Le ronronnement calme de la circulation nous entourait.

— Que se passe-t-il ?

Il retira la cravate bleue de sous son col de chemise et la rangea dans sa poche. Puis il enleva sa veste, dévoilant ses bras musclés coincés dans une chemise en coton.

— On a un rencard.

Il me jeta un coup d'œil, haussant un sourcil.

— Ah bon ?

— Oui. On a un rencard.

J'ouvris la portière côté passager pour lui.

— Mais nous devons nous dépêcher. Ça ferme à vingt-deux heures.

— Euh, ça ne nous laisse que quarante minutes.

Max pointa du doigt la montre luxueuse qu'il avait au poignet gauche.

— C'est pour ça que je te dis de te dépêcher.

J'agitai une main vers l'intérieur de la voiture.

— Attends.

Max regarda autour de lui.

— Je pensais que DK était avec toi.

— C'était le cas. Il n'est plus là.

Je fis un autre mouvement brusque vers la portière ouverte.

Il avança et monta dans le véhicule. Je fermai la portière comme un vrai gentleman, puis contournai la Jeep en courant avant de m'installer derrière le volant.

— Heureusement que le match n'a pas eu de prolongations, déclarai-je.

Je m'éloignai sur la route, avec mon rencard confus à ma droite. J'allumai la radio et la voix de Teddy Pendergrass s'éleva depuis les haut-parleurs.

— C'est bien.

Max attacha sa ceinture, puis me lança un regard sérieux.

— C'est quoi tout ça ?

— C'est qu'on n'a jamais eu de rencard.

Je lui jetai un rapide coup d'œil, avant de reporter mon attention sur la route. Teddy fredonnait qu'il fallait allumer la lumière. Hmm-hmm-hmm, c'était intéressant. Moi, Max, un lit, une pièce sombre. Ou avec la lumière allumée. J'étais partant pour l'un ou l'autre de ces scénarios.

Non, bon sang. Non ! C'est une soirée de rencard sans sexe. Sois fort, Benton !

— Je ne savais pas que nous devions avoir des rencards et tout.

L'inquiétude s'insinua en moi. Je me concentrai sur la circulation, sortant de la ville.

— Moi non plus, au début.

J'avais décidé d'être honnête avec cet homme. Il l'avait toujours été à cent pour cent avec moi. Pas de fausses promesses ou de paroles mielleuses pour m'attirer dans son lit. Non pas qu'il en ait eu besoin, mais tout de même...

— Et maintenant tu penses que tu veux avoir des rencards et tout.

— Si tu en as envie.

Ah. Non, je rétropédalais. Sois fort, Benton !

— Enfin, ouais, me corrigeai-je. Je veux avoir un rencard avec toi.

Je relevai légèrement le menton alors que je roulais rapidement, ma vitesse peut-être un peu plus élevée que la limite autorisée.

— Ouais.

Je le regardai, mais il semblait avoir les idées bien claires, donc je laissai cet aveu rebondir à l'intérieur de la Jeep alors que nous filions vers Hershey.

Lorsque nous nous garâmes sur le parking, les sourcils broussailleux de Max se froncèrent.

— Donc on s'est dépêchés pour aller dans un parc d'attractions ?

— Eh bien… ouais.

J'ouvris brusquement la portière et sortis de la voiture. Il en fit de même. Je vérifiai ma montre. J'avais effectué le trajet, qui prenait habituellement vingt-cinq minutes, en moins de vingt, donc nous avions environ quinze minutes avant que le parc ferme pour la nuit.

— Il y a quelque chose d'important que je voulais te dire, dans un endroit spécial. Allez.

Max marmonna quelque chose dans sa barbe. J'ignorais de quoi il s'agissait, mais nous courûmes jusqu'à l'entrée, payâmes nos tickets et nous précipitâmes au milieu des grand-huit et autres manèges aquatiques, arrivant, essoufflés, devant la Tour du Baiser, dix minutes avant qu'ils la ferment.

— Je vais m'évanouir, haleta Max.

L'employé du parc mécontent nous jeta presque dans la cabine rotative. Nous étions les seuls clients dans le manège, ce qui était une bonne chose. J'avais espéré un peu d'intimité pour ma grande confession. En plus, si Max me rejetait, personne ne serait là pour me voir pleurer.

— Ne tombe pas tout de suite dans les pommes.

Je saisis sa main et le menai vers l'une des fenêtres en forme de lèvres. Le manège se lança rapidement, probablement parce que les employés voulaient rentrer chez eux. La cabine s'éleva, à quatre-vingts mètres au-dessus du sol, tandis qu'elle tournoyait lentement. Nous nous assîmes et regardâmes au travers des fenêtres, reprenant notre souffle.

— C'est vraiment quelque chose, déclara Max quand la cabine tourna lentement.

Nous avions une vue panoramique du parc illuminé, ainsi que des lumières du centre-ville de Hershey. Mon regard se porta sur Max.

— Oui, ça l'est.

Il se tourna sur le banc rembourré et posa ses beaux yeux d'un marron doré sur moi.

Je me penchai et l'embrassai. Nous *étions* dans la Tour du Baiser, après tout. Il répondit avec une chaleur frémissante évidente qui bouillonnait sous la surface.

Je pris son visage en coupe, la griffure de sa barbe sur mes mains fut follement plaisante.

— Je t'aime vraiment beaucoup et j'ai envie de sortir avec toi. En public. Qu'on se tienne la main et qu'on chuchote autour d'un dîner aux chandelles.

Il sembla digérer lentement la nouvelle. La cabine continua à tourner. Je me sentis légèrement nauséeux et ce n'était pas à cause du manège dans lequel nous nous trouvions.

— D'accord, ça me plairait aussi.

Il m'attira contre lui, appuyant sa bouche sur la mienne. Curieusement, quand la cabine fut de retour sur le sol, j'étais sur ses cuisses, face à lui et mon cou était dévoré par un joueur de hockey affamé.

Les portes de la cabine s'ouvrirent et le cri d'un employé mécontent brisa ce moment sensuel. Je bondis et nous réajustâmes tous les deux notre érection dans notre pantalon. Nous sortîmes du manège, l'air penaud. Max me prit la main. Je me sentis plus léger que jamais depuis que Rolf m'avait menacé.

— Allons bon, tu as perdu ton air adorable. Qu'est-ce qui ne va pas ?

— Je pensais juste à Rolf.

— Tu as eu de ses nouvelles ?

— Non, non, il n'est pas aussi stupide.

Nous sortîmes du parc et marchâmes jusqu'à ma Jeep, nos doigts entrelacés, ce qui me donna une force que j'acceptais volontiers.

— Ne parlons pas de ce salaud haineux. Ce soir, on est censés se concentrer sur nous. DK et mes tantes sont à D.C., donc je n'ai pas besoin de me tracasser pour eux.

— Qu'est-ce qu'ils font là-bas ?

Il me guida vers la voiture, puis colla mon dos contre la portière côté conducteur, s'approchant de moi, appuyant son torse contre le mien.

— Elles voulaient l'emmener à son premier sit-in. C'est une manifestation pour le droit des femmes.

Il me donna un petit coup dans la mâchoire avec son nez, impatient de goûter mon cou une nouvelle fois. Je le laissai me mordiller. Il n'y avait que lui et moi, ainsi qu'un millier de papillons de nuit voletant sous la lumière qu'il y avait au-dessus de nos têtes.

— Hmm, c'est si bon. Tu veux trouver un endroit pour manger avant de retourner chez moi ?

Il releva rapidement la tête.

— Je crois que Stan vit dans le coin.

Il observa le parking.

— Enfin, pas ici, évidemment, mais à Hershey. Peut-être qu'on pourrait s'arrêter chez lui et boire un coup. Ça pourrait être sympa de passer du temps avec un autre couple.

— Ouais, ce serait sympa. Où est-ce qu'il habite ?

— Quelque part à Hershey. Il a un grand portail, d'après Lockhart. On peut juste tourner jusqu'à le trouver.

Il plongea son visage dans mon cou. Je secouai la tête. Il soupira et recula pour me regarder.

— Non, tu ne veux pas rendre visite à Stan ?

— Oh, si, c'est juste que je suis en train de réfléchir à ce que tu viens de suggérer. Tu as dit que *je* devrais tourner en rond dans un quartier riche, la nuit, pour jeter un coup d'œil aux maisons de mecs pleins aux as.

Il y réfléchit cinq secondes, puis son front se déplissa.

— Oh, murmura-t-il.

— Ouais.

— Ça craint, vraiment.

— Sans rire. Et si on abandonnait le côté sûrement déplaisant de ce scénario pour trouver un endroit tranquille où manger avant de rentrer à la maison.

— Italien. J'ai envie de manger italien. Et toi.

Moi aussi, j'avais faim de lui, mais les pâtes d'abord, ça me semblait bien.

— On pourrait prendre à emporter.

— Et notre rencard ?

— On a fait un tour de manège ensemble. Techniquement, c'est un rencard.

Tu es un homme faible, très faible, Benton.

Il gloussa grassement.

— C'est clair. Alors ce sera à emporter.

. . .

NOUS EMPORTÂMES nos plats de pâtes jusqu'à mon lit. Nous dépliâmes le papier aluminium contenant des fettucine Alfredo, des lasagnes et des spaghettis aux boulettes de viande. Nous étions nus, nous tendions la fourchette à l'autre et nous donnions entre temps des baisers baveux. Les pâtes commencèrent à glisser de nos fourchettes, de longs fettucine tombant sur les draps de mon côté, ou de grasses boulettes de viande roulant sur la hanche de Max pour aller se loger près de son érection. Je suçotai une paire de testicules bien charnus et couverts de sauce à l'ail. Max ricana et gloussa pendant que je m'affairais, ses cheveux et sa barbe couverts de sauce, mon torse et mon pénis enduits de sauce au fromage.

Les couvertures étaient souillées, les draps tâchés et foutus, mais nous nous roulâmes tout de même dans les sauces, cédant à la passion, tandis que la faim sexuelle prenait le pas sur la faim de nourriture.

Lubrifier ses fesses fut amusant et poisseux. Je plongeai profondément mes doigts en lui tout en suçant l'extrémité épaisse de son sexe. Max me tira vers lui et me positionna jusqu'à ce que je le chevauche, mes genoux de chaque côté de sa tête. Il me prit avidement dans sa bouche. Deux gros doigts recouverts de lubrifiant et probablement de sauce au fromage trouvèrent mes fesses. Je m'appuyai facilement contre sa main, haletant autour de son sexe alors qu'il les courbait parfaitement et caressait mon orifice mouillé. Je me perdis en Max et c'était exactement ce dont j'avais besoin. Aimer cet homme chassait l'inquiétude de mon esprit. Il n'y avait pas de Rolf, pas de tantes âgées, pas d'adolescent seul et non désiré par sa famille et pas de refuge au bord de la procédure de saisie. Pendant un merveilleux instant, il n'y eut que Max et moi.

Il jouit en premier, recouvrant ma langue et ma gorge. Je frissonnai violemment à cause de ce goût entêtant, combiné à la griffure de ses doigts contre ma prostate qui me manqua de me faire basculer dans la jouissance. Max fredonna et me suça, ne reculant jamais, n'ayant pas de haut-le-cœur, acceptant mes coups de reins sauvages tout en travaillant follement sur mes fesses.

— Bon sang… oh, bon sang.

Il me serra contre lui, une main sur mon postérieur, m'empêchant de m'éloigner jusqu'à ce que j'aie fini de jouir. Chaque mouvement de ses lèvres sur mon sexe déclenchait un autre frisson. Finalement, il me laissa me libérer et tomber à côté de lui sur le lit. Une barquette en aluminium se renversa et recouvrit mon dos de pâtes froides et mouillées.

— Ah, bon sang, toussai-je.

Je me roulai en boule alors que les derniers tremblements me traversaient.

— Mes spaghettis, gémit Max.

Il roula sur le ventre et mangea son dîner dans le creux de mes reins, alors que je ricanais et gloussais.

— Tu es la meilleure assiette qui ait jamais été inventée, ronronna-t-il.

Il posait son poids sur moi, son torse m'enfonçant dans les draps tachés de sauce.

Je levai une main en signe de défaite, et il me retourna sur le dos, la barquette en aluminium s'aplatissant sous mes fesses.

Son regard rieur trouva le mien.

— Tu es très spécial pour moi, chuchotai-je.

Puis je saisis un morceau de boulette de viande dans sa barbe.

— Toi aussi, tu es très spécial pour moi, répondit-il.

Il baissa la tête pour goûter longuement ma bouche. Puis nous partîmes dans la salle de bain, ce qui nous poussa à faire l'amour dans la douche minuscule.

Après ça, nous fûmes prêts à aller au lit. Enfin, pas un lit recouvert du dîner de Lou's Ristorante de Locust Street. Nous regagnâmes la chambre d'amis, faisant tomber les canettes de soda du lit de DK et nous endormant dès que nous nous blottîmes l'un contre l'autre, nos têtes sur les oreillers.

Dans l'ensemble, pour un véritable premier rencard, j'étais ravi du dénouement, même si j'avais un peu dérapé sur la question de ne pas s'envoyer en l'air.

MES VIEILLES TANTES et DK avaient préféré rester à D.C. pendant quelques jours. Heureusement, la manifestation avait été pacifique. J'avais plaisanté avec mon père en disant que s'ils finissaient en garde à vue, ce serait à lui de les en faire sortir. Il avait ri, mais cela n'avait pas été de bon cœur. Il savait comment elles étaient, toutes les deux.

J'assistais donc seul au match suivant des Railers. J'arrivai en retard à cause de nouveaux venus et d'un chat malade, ainsi qu'un appel du Département de l'Agriculture que j'avais justement manqué à cause du chat. J'allais devoir rappeler demain, pendant les heures de bureau, ce qui ne me dérangeait pas. Chaque fois que le département appelait, je commençais à m'inquiéter. C'était l'agence gouvernementale qui supervisait et inspectait les refuges. Je n'avais eu aucun problème à valider les inspections surprises. C'était le fait qu'ils m'appellent qui me faisait mordiller ma lèvre inférieure. Ils avaient dit qu'ils m'avaient envoyé un e-mail, et lorsque je l'avais consulté, je m'étais rendu compte qu'il ne s'agissait que d'un sondage. Pourtant, mon cœur cognait toujours dans ma cage thoracique.

— Salut, mon gars, tu vas bien ? Tu as mangé des nachos avariés ou un truc comme ça ?

Le bruit de dix-huit mille fans réapparut autour de moi. Je me débarrassai de ce nuage d'inquiétude et me retournai vers Monsieur Montagne, dont le vrai prénom était Kenny, comme je l'avais appris. Je souris au supporter qui avait des billets pour toute la saison. Apparemment, Max avait payé pour réserver ces sièges pour le reste des play-offs. Je n'en étais pas surpris. Cet homme était rempli d'adorables petits secrets.

— Non, pas de nachos avariés. Je pensais juste au travail.

— Mec, tu ne connais pas la règle ?

Kenny regarda Jeff. Celui-ci jeta un coup d'œil à son époux, torse nu.

— Chéri, il ne connaît pas la règle.

— Pardon ? De quelle règle parles-tu ? demandai-je.

Un joueur en heurta un autre et les fans hurlèrent des obscénités. Bon sang ! J'avais besoin d'observer le jeu avec attention. Cela aurait pu être Max qui se serait retrouvé écrasé contre les panneaux de protection, plutôt qu'Adler. Non pas que je voulais qu'Adler soit blessé, mais vous comprenez…

— La règle qui dit que le travail reste sur le parking avant un match de hockey.

— Oh, c'est vrai, cette règle, je l'avais oubliée.

Kenny me tapota la tête, puis recommença à rugir contre Tampa Bay pour une infraction au règlement ou une autre. Le second match avait été carrément brutal, jusqu'à ce moment. Nous étions presque à la fin de la seconde période et les équipes étaient à égalité. Il n'y avait pas eu de but, puisque les joueurs étaient trop occupés à se taper dessus. Entre les coups autorisés et interdits, la cage des pénalités aurait bien eu besoin d'une porte automatique. Je soupçonnai que les Railers allaient se prendre une bonne engueulade quand ils rentreraient dans les vestiaires.

Mon attention semblait se porter sur Max la plupart du temps, mais j'appréciais une effervescence autour du but de l'équipe de Floride, juste avant que la corne de brume ne signale la fin de la première période. Pendant les quarante minutes de jeu, les Railers avaient eu une très bonne attaque offensive. Avec un peu de chance, ils pourraient conserver cette bonne vibration quand ils reviendraient sur la glace.

— Je vais aux toilettes et je passe prendre une bière. Kenny, Jeff, vous voulez quelque chose ?

— Non, ça va. Mais merci.

Kenny me lança un grand sourire, son bras drapé autour du cou de son mari. Jeff sourit doucement. C'était un couple très étrange, mais ils semblaient heureux.

Je me joignis à l'exode de fans vers le stand de nourriture, de boissons et les toilettes.

Nous avancions lentement, un pas après l'autre, ce qui m'offrit beaucoup de temps pour regarder autour de moi.

Il y avait des spectateurs de toutes tailles, de toutes formes, de toutes couleurs. Il y avait beaucoup d'enfants et de femmes aussi. J'étais ravi de le voir. Ça ne me dérangeait pas d'être le seul fan de hockey de mon groupe d'amis. La plupart étaient plus fans de basket ou de football américain. J'aimais également ces sports, mais j'avais toujours particulièrement apprécié le hockey. À cause de la rapidité et du côté physique, ainsi que la grâce de ces hommes immenses sur des lames fines peut-être. Peut-être qu'un jour, je pourrais convaincre Max de me donner des cours de patinage.

Un grand homme devant moi quitta la file d'attente. Je fis un pas en avant, jetai un coup d'œil sur le côté, et aperçus Rolf, appuyé contre la rambarde. Je m'emmêlai les pieds et trébuchai contre une femme.

— Excusez-moi, marmonnai-je en voyant son regard noir.

Mes yeux se portèrent de nouveau de l'autre côté. Il était toujours là, et je vis qu'il ne me quittait pas du regard. Le cœur au bord des lèvres, je tapotai ma poche arrière pour trouver mon téléphone. Les mains tremblantes, je composai le 911. Je me sentis de plus en plus terrifié à chaque sonnerie. Lorsque l'opératrice répondit, je jetai un coup d'œil à l'endroit où Rolf m'avait fusillé du regard. Mais je ne vis que la rambarde. Non. Merde ! Où était-il allé ?

— 911, Bonjour ? Quelle est votre urgence ? demanda l'opératrice.

— Je... Il était là. Mon beau-frère. Ex. Il était... Merde, où est-il allé ?

— Monsieur, il faut que vous vous calmiez et que vous me disiez la nature de votre urgence.

— Rolf. Il était ici. Enfin...

J'essuyai mon front en sueur.

— Il était juste là.

Je montrai la rambarde au-dessus des sièges, comme si

la femme à l'autre bout du fil pouvait voir ce que je désignais.

— Enfin… il lui ressemblait vraiment.

— Monsieur, pouvez-vous me dire, s'il vous plaît, la nature de votre urgence ?

— Je… ah… Pardon, je crois que j'ai surréagi. Désolé d'avoir appelé. Désolé.

Je mis fin à l'appel, le cœur tambourinant dans ma cage thoracique. C'était lui. N'est-ce pas ? Les mêmes cheveux blonds, des yeux bleus glacials, une expression haineuse. Cela avait dû être lui. Est-ce que je l'avais imaginé ?

— Nom de Dieu, grognai-je.

Je me retournai et allai m'asseoir sur mon siège.

— Je croyais que tu allais pisser et t'acheter une bière, me fit remarquer Kenny quand je m'effondrai à côté de lui.

— Trop de gens, répondis-je.

Mon regard se porta sur chaque tête dorée dans les gradins. Est-ce que Rodolf m'avait suivi jusqu'ici ? Avait-il traîné autour du refuge ? De ma maison ? Ou perdais-je la tête ?

Sacrément sonné, je restai à côté de Kenny la Montagne jusqu'à ce que les Railers perdent à cause d'un tir courbé. Je sortis avec Kenny et Jeff, puis je les appâtai pour qu'ils restent avec moi en leur offrant la chance de rencontrer Max à l'extérieur. Ils étaient absolument partants pour ça, donc je me cachai derrière mes nouveaux amis et attendis dans l'ombre que Max sorte et me donne cette étreinte dont j'avais terriblement besoin. Peut-être qu'il pouvait également me botter le cul pour m'être montré si idiot.

Chapitre 12

MAX

Quelque chose avait changé. Je ne savais pas quoi exactement, mais chaque fois que je regardais Ben, il évitait mon regard.

J'avais déjà vu ça se produire chez les mecs avec qui j'avais le statut de sex-friend. Nous étions des mecs, nous n'allions pas nous asseoir pour avoir une conversation à cœur ouvert sur nos sentiments. Alors on commence à éviter l'autre, comme s'il n'existait pas, et enfin, il comprend le message et passe à autre chose sans rancune.

Tout comme Ben le faisait.

Il était distrait, il ne voulait pas me regarder dans les yeux, comme je l'avais remarqué, et lorsque nous fûmes ensemble, le soir, il partit se coucher en prétextant un mal de tête, me laissant dans le salon, regardant la télé où passait une rediffusion de *Friends*.

Peut-être que je devrais déjà comprendre les sous-entendus. Ben faisait clairement le gros dur pas sérieux, et je devrais plutôt me concentrer sur quelque chose qui était important : le hockey.

Seulement, ce n'était pas ce que je voulais, et les gens ne me qualifiaient pas de trouduc têtu pour rien. Après dix minutes à m'inquiéter sur le message qu'il essayait de me transmettre, je décidai que j'allais moi-même lui en envoyer un. Je restai un moment à la porte de la chambre, fixant sa silhouette, mais il n'était rien d'autre qu'une boule sous les couvertures et il n'y avait aucun signe d'un de ses membres. Je voulais juste être sûr de dire exactement ce qu'il fallait. Quelque chose comme « ne pars pas » ou « ne me quitte pas ». Il bougea sous les couvertures et je me raidis. Je n'étais pas encore prêt à lui parler parce que je n'avais pas les bons mots.

J'étais toujours coincé dans ce looping. Je ne savais pas quelle partie de moi je devais donner. Le médecin voulait me voir. Il disait que je ne gérais pas les choses comme il s'y était attendu. Eh bien, qu'il aille se faire foutre. Je gérais parfaitement. Demandez à n'importe quel homme avec une bombe à retardement dans la tête comment il gérait sa situation et nous répondrions tous la même chose.

Un jour à la fois. Chaque journée est une victoire.

Je reculai, m'éloignant de la porte, puis retournai dans la petite cuisine de Ben, où je pris un tabouret et fixai mon téléphone. Les trois derniers appels qui ne venaient pas de Ben étaient du Docteur Warner. Il était probablement habitué à m'appeler maintenant, à cause de mes inquiétudes stupides. Le dernier coup de fil s'était achevé sur un « vous devez vous calmer » qui ne ressemblait pas du tout au médecin. Mais je l'avais contacté à quatre heures du matin sur son fuseau horaire et, voyons les choses en face, il n'était pas du genre à aimer être appelé à n'importe quel moment. C'était un chirurgien renommé.

Si nous réussissions à être l'une des deux équipes pour

la finale de la Coupe Stanley, alors au pire, il restait au maximum sept matchs entre nous et la coupe. Cela m'emmènerait jusqu'au mois prochain, ce qui n'était que dans trois semaines.

Quelles étaient les chances pour que ma tête aille mieux avant ce moment-là ?

Je ne devrais pas m'inquiéter.

Ouais, bien sûr, de qui me moquais-je ? L'inquiétude arrive sans que je la contrôle.

Juste là, dans cette cuisine, à la faible lueur de la petite lampe, j'étais la définition même d'une personne effrayée par le lendemain.

Et si le pire des cas se produisait ? Et si je m'effondrais et que personne ne savait pourquoi ?

Et si j'étais impliqué dans un combat et qu'un poing tombait sur ma tête, juste dans l'angle qui pouvait me faire saigner ? Bon sang, et si j'allais au lit et ne me réveillais pas ?

Je me sentais totalement seul, vulnérable, et c'était uniquement à cause d'un homme et de son incapacité à me regarder dans les yeux.

— Qu'est-ce qui ne va pas ? demanda Ben derrière moi, l'air endormi.

Je haussai les épaules. Je n'allais pas me retourner et lui faire face, parce que je savais que je serais incapable de voir son expression et de comprendre qu'il voulait me quitter. Il m'étreignit par-derrière et je regardai fixement ses mains sur mon t-shirt. Spontanément, je couvris ses doigts des miens. Si cela signifiait que tout était terminé, alors je voulais un dernier contact.

Quel mec gnangnan.

— Pardon, j'étais distrait, murmura-t-il contre ma peau.

Je ne pus empêcher mon cœur de rater un battement en entendant ses mots.

— J'ai juste beaucoup de choses en tête.

Je me retournai sur le tabouret et me mis face à lui. Il prit mon visage en coupe et déposa un doux baiser sur mes lèvres.

— Parfois… commença-t-il doucement, puis il s'arrêta.

— Parfois quoi ? l'encourageai-je.

Il avait l'air si sérieux.

Il soupira. Je crus qu'il n'allait rien dire d'autre, mais j'avais tort.

— Je pense que mon esprit me joue des tours. J'ai pensé voir Rolf lors du dernier match et hier, j'aurais pu jurer l'avoir vu devant la maison. Mais quand je suis sorti, ce n'était pas lui.

Il souffla en riant doucement.

— Je pense que je dois faire des tests psychologiques.

À ce moment-là, j'aurais pu dire quelque chose. C'était l'enchaînement parfait pour moi et mes problèmes. J'aurais simplement pu dire : *hé, Ben, j'ai ce truc dans la tête qui a un nom trop long et trop compliqué à prononcer, mais, hé, ce n'est pas grave, le médecin a dit que ça n'arriverait probablement plus, mais on ne sait jamais, parce qu'il y a dix pour cent de risque que ça se produise quand même. Je pourrais mourir la prochaine fois. Ça ne te dérange pas ?*

Je ne dis rien du tout.

Lâche.

Au lieu de ça, je concentrai toute la conversation sur lui et mon addiction à m'inquiéter pour lui.

— Et si c'était lui ?

Il secoua la tête et m'embrassa de nouveau, essayant de me distraire, sans aucun doute.

— Comme s'il avait pu acheter un billet pour le match des Railers qui était complet alors qu'il n'aime même pas le hockey. Crois-moi, je sais que je perds la tête. Les flics m'ont prévenu. Qu'est-ce qu'on peut faire d'autre ? C'est pour DK que je m'inquiète, pauvre gamin.

Je me levai et le serrai contre moi.

— Je m'inquiète pour toi, admis-je.

Maintenant. Parle-lui de tes propres peurs, dans la semiobscurité, où tout est sûr.

J'ouvris la bouche pour parler, mais il m'embrassa pour me faire taire.

— Viens au lit, murmura-t-il.

J'éteignis la lampe et le suivis dans la chambre. Lorsque j'y arrivai, il était déjà sous les couvertures, qui étaient remontées jusqu'à son menton, et il me souriait. Je ne ressentis pas le besoin de lui sauter dessus. Je voulais regarder son magnifique visage, le tenir contre moi, et juste l'aimer autant que possible.

Ouais.

Je pense que je pourrais aimer Ben.

LORSQUE NOUS NOUS RÉVEILLÂMES, c'était le jour le plus ensoleillé et le plus chaud de ce début d'été. DK ouvrait le refuge ce matin, assumant plus de responsabilités, ce que Ben l'encourageait à faire. Cela signifiait que mon homme pouvait paresser à la maison, enfin, si paresser voulait dire rester au lit jusqu'à huit heures et manger le petit déjeuner ensemble. Il allait tout de même au travail à neuf heures, mais nous réussîmes à nous embrasser et à nous sourire avant de quitter la maison.

Mon Uber m'attendait et Ben secoua la tête.

— C'est ringard, me taquina-t-il. Achète-toi ta propre voiture, Monsieur Millionnaire.

— Je ne conduis pas, dis-je.

J'étais probablement plus sur la défensive que nécessaire. Il me lança un regard confus à cause de mon ton, mais je l'embrassai sur le front.

Nous nous séparâmes après un baiser et une étreinte, puis nous partîmes dans des directions opposées. J'étais en avance pour l'entraînement, mais j'avais besoin de travailler sur le conditionnement physique et de parler au préparateur à propos de la douleur tenace dans mon genou. Ce truc avait le don de palpiter aux mauvais moments.

Quand je fus habillé et sur la glace pour l'entraînement, j'avais été massé. On m'avait mis de la glace et j'étais satisfait. Le patinage en lui-même était plus fait pour relâcher les muscles que pour affiner la stratégie. Nous étions arrivés jusqu'ici. Nous étions à un match de remporter ce tour, et nous étions en route pour la finale de la Coupe. Nous étions à la fois épuisés et pleins d'énergie.

L'humeur de tout le monde était bonne. Nous savions quelle équipe nous allions affronter demain soir, à la patinoire, à domicile. Nous pouvions y arriver.

Jared me fit signe de venir, et avec le reste des défenseurs, nous fîmes un cercle tandis qu'il parlait de stratégie. C'était un sacré spectacle. J'étais plus grand que tous les autres. Certains assuraient le poste de défenseur bilatéral et pouvaient se battre également pour atteindre les filets. D'autres, comme moi, pouvaient changer le cours d'un match en un unique affrontement. Ensemble, nous étions un mur de briques, et lorsque Stan s'avança pour venir avec nous, je ne pus m'en empêcher. Je lui saisis la tête et embrassai son casque.

Il marmonna quelque chose en russe que je n'avais aucune chance de comprendre, mais cela ne ressemblait pas à un juron, plus à un petit bruit affectueux.

C'était mon équipe.

Et ils allaient gagner demain, nous irions en finale. Je le sentais au fond de mes tripes.

GAGNER NE FUT PAS AUSSI facile. À égalité après trois périodes, nous nous battions sur le fil, mais lorsque nous mîmes ce dernier but, grâce à Ten, sa magie et une passe décisive de Dieter, je sus que je n'avais jamais rien ressenti de tel.

De l'extase, de l'épuisement, de l'amour, de la passion, de la peur... bon sang, c'était une véritable effusion d'émotions. Je cherchai Ben dans les gradins, le vis se lever, applaudir et nous encourager. Je lui envoyai un baiser. Il fit un grand geste pour l'attraper et le coller contre son cœur. Toly m'étreignit, m'attirant contre lui, et vers un groupe d'hommes qui écrasait Stan sur la glace. Ten cria dans mon oreille et je souris comme le chat de Cheshire. Je le savais.

— On va jouer la Coupe Stanley ! hurla quelqu'un.

Ou du moins, je crus entendre « jouer » et « Coupe Stanley ». Autrement, la cacophonie de bruit était trop difficile à supporter.

Connor arriva sur ses patins, avec sa stature de capitaine. Troy Larsen et Toly, qui étaient ses remplaçants, se trouvaient à ses côtés. Aucun d'eux ne toucherait la coupe que nous avions gagnée en tant que vainqueurs de la Conférence Est. Les superstitions des joueurs impliquaient que personne ne touche la coupe. À moins que ce soit une équipe ayant déjà eu de la chance après l'avoir touchée. J'avais également vu ça par le passé. Bon sang, je ne pouvais expliquer ce qui représentait la chance chez quelqu'un d'autre. Tout ce que je savais, c'était que ma chance à moi, c'était d'être dans une foule qui criait pour notre équipe et pour moi.

L'humeur dans les vestiaires était euphorique et nous parlions uniquement de l'équipe de la côte ouest que nous allions rencontrer pour nous battre afin d'avoir la coupe. Les Raptors remporteraient leur match sur la côte ouest. Ils avaient les meilleures statistiques des trois premiers tours et avaient eu plus de points lors de la saison régulière que nous. Cela signifiait que notre premier match pour la coupe se tiendrait dans leur patinoire. Néanmoins, à ce moment-là, aucun de nous ne s'intéressait à l'avantage qu'ils auraient.

Les Railers étaient une équipe de tueurs.

Nous pouvions vaincre *n'importe qui*.

Mon énergie me quitta après quelques minutes d'étreintes et de tapes dans le dos. Je m'effondrai sur mon petit côté de banc, souriant toujours, mais incapable de contenir l'épuisement causé par le match.

Toly s'affala à côté de moi et me donna un petit coup d'épaule.

— Ça valait la peine, bordel, dis-je.

Toly ricana.

— Ça valait tellement la peine.

• • •

CETTE EXTASE se poursuivit pendant les interviews suivant le match, pendant que je pris ma douche, que je m'habillais, et jusqu'à ce que je voie Ben en train de m'attendre, avec DK à ses côtés. Je serrai Ben si fort contre moi que je doutais qu'il pût respirer jusqu'à ce que, riant, il me pousse.

— Trouvez-vous une chambre, déclara DK avec un sourire narquois.

Je l'attirai vers moi pour une étreinte, puis je passai mon bras autour de son cou et l'ébouriffai, continuant de le tenir alors même qu'il me repoussait.

Je me sentais assez fort pour conquérir le monde entier.

Nous retournâmes chez Ben sans discuter de l'endroit où nous irions. J'aimais sa maison. Petite, mais chaleureuse. C'était à l'opposé de mon appartement temporaire. Sa maison, c'était un foyer familial, rempli de meubles douillets et d'une télévision à écran plat. Nous déposâmes DK en passant, donc il n'y avait que nous. Nous nous délectâmes l'un de l'autre, nous nous aimâmes terriblement.

Enveloppé dans ses bras, je sus que je devais lui parler des inquiétudes que je gardais à l'intérieur. Sans partager cette dernière part de moi, je ne pourrais plus vivre en étant moi-même.

— Il faut que je te dise quelque chose, commençai-je.

Je me dégageai de ses bras, m'asseyant sur le lit et tirant la couverture autour de mon corps. Il se redressa à côté de moi et saisit ma main.

— Moi aussi, déclara-t-il.

Nous pouvions jouer au traditionnel « toi d'abord », mais, bon sang, j'avais besoin de libérer mon esprit de tous les secrets.

— Je vais commencer, déclarai-je.

Il me sourit, comme s'il s'attendait à ce que je lui dise la chose la plus merveilleuse du monde.

— Vas-y, m'encouragea-t-il, puisque je ne parlai pas tout de suite.

— Juste après avoir signé mon contrat avec les Railers, j'ai eu un truc médical.

Il me donna un petit coup dans les côtes.

— Je peux comprendre des mots plus longs que « truc ».

Il ne sembla pas agacé ou inquiet, mais je ne lui avais pas encore tout dit.

— C'était une malformation artérioveineuse, une MAV.

J'attendis qu'il me montre une certaine compréhension, espérant silencieusement que je n'aurais pas à expliquer, mais son visage fut impassible.

— C'est quoi, ça ?

— Un genre de blocage qui provoque des saignements dans le cerveau et qui peut entraîner des AVC, ce genre de choses. J'ai subi une opération pour enlever le blocage et ça a été un succès.

J'ajoutai cette dernière partie d'un air nonchalant, comme si ce n'était pas vital qu'il comprenne que ces mots étaient les plus importants.

— Merde.

À présent, il était inquiet, anxieux, tenant ma main et me regardant de ses yeux sexy qui ressemblaient à du chocolat fondu.

— Je suis tellement désolé, ça a dû être si effrayant.

— Ça l'est.

Au début, je ne me rendis pas compte de ce que je venais de dire. J'étais apaisé, satisfait après avoir fait l'amour, et Ben me tenait la main. Je ne compris pas tout de suite que ces trois mots pouvaient signifier le début de la fin.

— Comment ça, ça l'est ?

Ben démêla ses doigts des miens.

— Tu veux dire que *ça l'était*. N'est-ce pas ? C'est fini, à présent ?

Ce n'était pas comme si j'allais taire mes inquiétudes maintenant, mais la façon dont il venait d'accentuer ces mots me fit repenser à l'honnêteté dont j'allais faire preuve. Je ne partagerais pas mes peurs, juste les simples faits médicaux.

— Eh bien, je vois toujours un spécialiste, au cas où ça reviendrait.

— Au cas où ça reviendrait.

Ben comptait-il répéter tout ce que je disais ?

— Eh bien, oui, il y a un risque de nouveau blocage un jour, mais je suis habitué à vivre avec désormais.

C'était inutile de lui donner les statistiques qui me hantaient.

Je le vis bouger. Juste un peu. Quelques centimètres pour s'éloigner de moi. Son expression compatissante se mua en un vide que je ne compris pas du tout. Je tendis la main, mais il évita mon contact.

— Ben ?

Il me regarda droit dans les yeux. Puis, dans un mouvement fluide, il se glissa hors du lit et enfila son jean et un t-shirt.

— Tu es en train de mourir ? demanda-t-il sombrement.

— Non, pas si je fais ce qu'il faut.

— Tu pourrais mourir et tu ne me l'as pas dit.

— Ben…

— Je ne peux pas recommencer. Tu dois partir, m'intima-t-il.

Son ton fut mortel.

— Ne sois pas stupide, Ben. Parlons-en, dis-je en souriant.

Il ne me laissa pas ajouter quoi que ce soit d'autre, je n'eus donc pas l'occasion de l'informer sur la façon dont je vivais avec et de lui dire qu'il devrait en faire de même, s'il tenait vraiment à moi.

— Je m'en fous. Sors de ma maison.

Je me levai difficilement, me sentant vulnérable, à nu. J'enfilai mes sous-vêtements et mon costume post-match, essayant désespérément de trouver les mots pour qu'il se calme.

— Ben, s'il te plaît.

Il sortit de la chambre et je le suivis. Il avait mes chaussures à la main. Il ouvrit la porte d'entrée et les jeta sur les marches.

— Sors, hurla-t-il.

— Tu es stupide.

Je regardai mes chaussures, dehors, sachant qu'il s'agissait là d'une réaction excessive. Avait-il le droit de tout savoir sur moi ? Je gardais les choses pour moi. C'était ma vie. Mais pas ça.

— Va te faire foutre, cracha-t-il.

Je clignai des yeux en le regardant.

— Tu m'as menti.

La colère me tiraillait et j'enfilai ma veste.

— Je ne mentais pas. Ce n'est pas quelque chose que je partage d'habitude avec n'importe qui…

— Je ne suis pas *n'importe qui* !

— Je ne savais pas si je pouvais te faire confiance pour que tu ne l'avoues pas à l'équipe…

— Tu veux savoir ce que j'allais te dire, ce soir ? m'interrompit Ben.

Il s'éloigna brusquement de la porte pour que je puisse partir.

— J'allais te dire que je t'aimais.

— Nom de Dieu, Ben…

Ses lèvres se tordirent dans un sourire ironique.

— Bravo d'avoir réussi à en arriver là avec tes secrets.

— Ben, tu n'as plus aucune logique.

— Sors.

Cette fois-ci, il n'y avait pas de colère, mais plus du regret et une finalité qui me rongea.

Je t'aime aussi.

Je sortis et récupérai mes chaussures, me retournant pour qu'il se calme, mais il me claqua la porte au nez.

— Tu es la seule personne à qui je l'ai dit, murmurai-je à la porte.

Il se comportait en salaud. Il me jetait à la porte au milieu de la nuit. Et je n'avais pas de voiture.

La porte s'ouvrit et l'espoir naquit dans mon torse, mais Ben se contenta de me jeter mon portable, que je réussis à attraper au vol. Il la referma avant que je puisse dire quoi que ce soit.

Je voulais reprendre mes paroles. Pourquoi avais-je pensé que partager mes peurs serait une bonne idée ?

Personne ne s'intéressait à moi ni à mes inquiétudes. J'étais plus ou moins seul au monde, et c'était comme ça que j'aimais les choses.

Quand j'arrivai sur le trottoir et tournai à droite pour trouver un endroit où je pourrais appeler un taxi, éloigné de la maison de Ben, j'étais passé au-dessus de ça et de sa réaction.

Les meilleurs ébats que j'avais jamais eus n'étaient pas suffisants pour que je reste avec quelqu'un comme lui.

Qu'il aille se faire foutre.

Chapitre 13

BEN

— Benton Isaiah Worthington !

Je grimaçai quand mon nom fit écho dans la rue toujours silencieuse. J'avais cru pouvoir échapper à mes tantes en allant faire mon jogging à six heures du matin.

— Pourquoi tu as créé ces vieilles femmes pour qu'elles se couchent tôt et se lèvent encore plus tôt ? demandai-je à Dieu.

Je me retournai lentement pour faire face à tante Glenna, qui se précipitait dans son allée. Dieu resta silencieux. Il l'avait été depuis une semaine. J'aurais aimé pouvoir dire la même chose de mes grands-tantes et de mon neveu.

— Tu cours encore ?

Elle s'arrêta juste devant moi, ses yeux marron vifs étudiant mes baskets, mon short et remontant jusqu'au vieux maillot déchiré de Washington.

— Non, je vais faire une peinture murale.

— Ne sois pas insolent avec moi, jeune homme. Je peux toujours te fouetter le dos sans recevoir d'aide du

Seigneur, cracha tante Glenna en agitant un doigt sous mon nez.

— Je suis désolé, madame.

— Hmm, j'espère bien. Tu sais que tu ne peux pas t'empêcher d'être un véritable idiot.

Je fermai les yeux et pris une grande bouffée de l'air de la ville.

Doux Jésus, s'il te plaît, est-ce que tu peux demander à ma famille d'arrêter de me parler de Max ? J'en ai vraiment assez entendu. Est-ce que ces vieilles biques peuvent devenir muettes ? Juste pendant une semaine ou deux ? Pour retomber sur mes pieds et essayer de réparer mon cœur brisé. Amen.

— Tu voulais me dire autre chose, à part me traiter de véritable idiot ?

— Quelqu'un doit pointer du doigt à quel point tu *es* idiot.

Je levai les yeux au ciel.

Quelqu'un m'écoute ?

Aucune voix tonitruante ne se fit entendre depuis le Ciel. Il n'y avait que les chiens et la circulation.

— D'accord, vous serez deux, avec Carol, aujourd'hui. Tu voulais quelque chose ?

Je croisai mes bras sur mon maillot de Washington usé, impatient de partir.

— Il faut que tu m'achètes des pansements.

Elle plongea la main dans son peignoir, jusqu'à l'endroit où ses seins devraient se trouver, et sortit deux billets d'un dollar.

— Des pansements. Pourquoi tu as besoin de pansements à six heures du matin ?

Je refusai de prendre de l'argent de ses seins quand elle essaya de me le mettre dans la main.

— Il se pourrait que je me coupe.

Ouais. D'accord. Est-ce que j'avais besoin de ça maintenant ? Non.

— Je prévoyais d'aller dans l'autre direction. Est-ce que tu perds beaucoup de sang ? Je sais comment faire un garrot.

— Ne joue pas au plus malin avec moi, Benton. Je vais me raser les jambes. Je ne l'ai pas fait depuis cet hiver et je veux porter un short à la manifestation pour le droit de vote, ce week-end.

— Seigneur.

Je soupirai. Imaginer ses jambes poilues et l'endroit où elle avait fourré ces billets m'incita à me mettre à courir. Je devais me débarrasser de ces pensées aussi vite que possible.

— D'accord, j'irai dans la direction opposée à celle que j'avais prévue pour m'arrêter à la pharmacie de Mike et t'acheter des pansements. Je détesterais te voir saigner à cause d'une plaie infligée par l'un de ces rasoirs féminins roses.

Elle acquiesça.

— J'imagine que tu n'es pas un véritable idiot. C'est toujours sage de faire ce que tes aînées te demandent.

Sur ces mots, elle remit l'argent dans son décolleté et trottina jusqu'à son appartement, s'arrêtant pour hurler sur quelqu'un qui allait trop vite dans la rue.

— Seigneur, donnez-moi la force.

J'allai vers le sud au lieu du nord, trouvant un bon rythme pour mon jogging. J'avais pensé à emmener Bucky, mais il faisait déjà trop chaud pour un chien habitué au froid. Il n'avait pas été heureux de retourner dans sa cage, mais j'essayais d'être un bon maître. Il était la seule chose que j'avais dans ma vie. Encore une fois.

Pourquoi m'avait-il menti ? Putain de Max. Pourquoi ? Il avait eu tout ce temps et il savait… oui, il *savait* à quel point cela avait été terrible pour moi de perdre Liam. Ce salaud était resté avec moi, m'avait écouté parler de l'agonie de ma perte, de mon envie de mourir à cause de la pure tristesse causée par le décès de l'homme que j'aimais. Il s'était allongé à côté de moi, m'avait tenu contre lui, m'avait raconté des conneries pour me calmer, m'avait fait tomber amoureux de lui. Pendant tout ce temps, il avait eu ce truc dans la tête. Cette chose qui pourrait me l'arracher sans prévenir. Et il n'avait pas dit un mot. Pas une seule fois.

Je dus m'arrêter au coin de la rue pour chasser la transpiration et les larmes de mes yeux. Je m'attardai, secouant mes mains, faisant les cent pas, essayant de repousser la colère et la douleur de cette tromperie.

Les voitures s'arrêtèrent. Je trottinai dans l'intersection, trempé de transpiration, incapable de laisser la joie provoquée par le sport chasser Max de mon esprit. Rien ne m'aidait. Ni le jogging ni le travail. Max planait au-dessus de tout, dans chaque recoin, chaque pièce de la maison. Son odeur était sur mon drap, son rasoir et sa brosse à dents étaient sur le lavabo et certains de ses vêtements étaient toujours dans mon panier de linge sale.

Quatre pâtés de maisons plus tard, je ralentis et m'étirai devant la pharmacie de Mike. J'espérais ne pas sentir trop mauvais pour y rentrer. Juste au cas où, je me dépêchai dans la boutique qui venait juste d'ouvrir, donc il n'y avait que peu de clients. J'attrapai une boîte de pansements. Pendant que j'y étais, je passai dans le rayon des soins pour cheveux, récupérant une bouteille de shampoing ultra-hydratant et d'après-shampoing. Chèvrefeuille bleu, mon préféré. J'avais vidé ma dernière bouteille hier. Je savais que ce n'était pas bon de me laver les cheveux tous les jours, généralement je ne le faisais qu'une fois par semaine, puis je mettais une bonne dose d'après-shampoing tonique. Mais avec les joggings que je faisais tous les jours, je n'avais pas d'autres choix. Enfin, j'y étais *obligé*. Au diable l'inquiétude des pointes sèches, ma tête était poisseuse après avoir couru.

Attendant que la caisse ouvre, priant pour ne pas puer, je repensai au matin où Max avait utilisé mon shampoing et mon après-shampoing. Ses cheveux étaient retombés à plat sur son crâne, comme s'ils étaient collants et gras, même après avoir été rincés plusieurs fois.

— Tu devrais peut-être arranger tes cheveux, l'avais-je taquiné.

J'avais ensuite roulé sur le lit pour une longue session de baisers et de câlins. Le souvenir de ce moment tendre me transperça comme une lance.

Il me fallut une éternité pour payer mes achats. Quitter la fraîcheur de la pharmacie pour retrouver la chaleur d'une ville en plein début de journée me coupa le souffle. Ou peut-être que je haletais encore après avoir été dégoûté par ce souvenir d'un meilleur jour. Je jetai un coup d'œil dans la rue et là se trouvait l'église baptiste Rose de Beulah.

Mon téléphone vibra dans la poche arrière de mon short. Le sortant, je soupçonnai que mes tantes avaient un autre incident relatif à un achat nécessaire à la pharmacie. Je faillis laisser tomber le téléphone quand je vis qu'il s'agissait d'un message de Max. Cela faisait dix jours que nous n'avions pas parlé. Les Railers et les Raptors avaient gagné un match chacun. Je n'avais pas regardé, DK si. Je ne pouvais pas voir Max à la télé et avoir l'air calme, cool, serein. DK était furieux que je refuse de lui dire pourquoi lui et moi avions rompu. Ce qui était également le cas de mes tantes et d'une grande partie de mes employés.

Je suis tellement stupide.

Je relis le message à plusieurs reprises. J'aurais aimé que le contexte de ces mots me saute au visage comme par magie. Voulait-il dire qu'il était stupide d'avoir couché avec moi ? Est-ce qu'il m'envoyait un SMS pour commencer une discussion ? Pourquoi m'envoyait-il ce genre de message ? Mon pouce plana au-dessus du bouton « supprimer », mais un autre SMS apparut avant que je puisse le faire.

Tu me manques.

— Toi aussi, tu m'as manqué, murmurai-je.

La transpiration coula dans mon œil et me picota.

Je ne savais pas si je devais répondre ou non. Je détestais cet homme. N'est-ce pas ? Enfin, peut-être que le mot « détester » était un peu fort. Mais j'étais furieux contre lui. Tellement furieux. Furax. Vraiment en colère qu'il ait omis si insensiblement cette information importante dans toutes les discussions que nous avions eues. Il avait eu tellement d'occasions de le faire, et il n'avait jamais rien avoué. La douleur était viscérale. Je n'arrivais simplement pas à comprendre comment on pouvait coucher avec quelqu'un, manger à sa table, lui faire l'amour, monter dans la Tour du Baiser, sans avoir la décence de dire : *Salut, Ben, j'ai ce truc dans ma tête et il peut revenir pour me tuer. Je pensais juste que tu devrais le savoir avant de tomber follement amoureux de ma tronche stupide.*

J'aimais sa tronche stupide. Et son sourire et la façon dont il me faisait rire, tout comme les cris qu'il me soutirait pendant nos ébats passionnés. J'aimais même qu'il pense savoir ce qu'était un bon danseur, alors que ce n'était évidemment pas le cas. Je tournai sur moi-même, cherchant une direction où aller, ou bien un signe. Quelque chose qui me guiderait, parce que j'étais aussi confus et effrayé qu'un homme pouvait l'être. Mon âme était douloureuse. Une douleur vive et lancinante traversa mon flanc. Je grognai et grimaçai à cause de mon agonie. Je ne savais pas vraiment si c'était à cause du souvenir ou d'une crampe. Je collai une main sur mon ventre et traversai la rue quand la voiture qui me dépassa fut suffisamment loin. Peut-être que faire une pause à l'ombre dans mon église apaiserait mon esprit.

Les portes de cette maison de culte étaient ouvertes, comme elles l'étaient toujours après cinq heures du matin. L'intérieur était frais et l'odeur de la cire senteur citron s'élevait des bancs tout juste polis. C'était amusant, mais chaque fois que je sentais cette odeur de citron, je pensais à Dieu.

Un spasme secoua une nouvelle fois mon flanc, je m'assis sur le banc, essoufflé, perdu et effrayé plus que raison. Je n'avais toujours pas répondu au message de Max. J'utilisai l'ourlet de mon t-shirt pour sécher mon visage après avoir placé le sac du magasin à côté de moi. Une fois mon visage sec, j'étudiais la chaire. Le bois était un chêne riche. De chaque côté se trouvaient des pupitres contenant des fleurs. Ils étaient vides aujourd'hui, mais le dimanche, ils étaient remplis de couleurs glorieuses. Derrière les fleurs et la chaire se trouvait une grande croix en bois, d'un marron sombre, aussi vieux que mes grands-tantes. Je restai assis là pendant longtemps, fixant la croix, chuchotant à Dieu de me guider hors de ce bazar qu'était ma vie. S'il ne pouvait me guider, alors pourquoi ne me ferait-il pas un signe ou ne me donnerait-il pas une réponse ?

— Ben, tu ne sais plus si on est le matin où le soir ? demanda le pasteur Bert à l'avant de l'église. La chorale, c'est à sept heures *du soir*.

Il me lança un grand sourire alors qu'il passait à côté de la chaire et remontait l'allée.

— Non, Monsieur, j'avais juste besoin d'un conseil.

— Ah, eh bien, c'est vers le Seigneur que je me tourne quand je suis perdu.

Je soupirai.

— Il ne dit pas grand-chose.

— J'ai appris qu'il était du genre silencieux. Peut-être que tu pourrais me dire ce qui te tracasse ?

Je jetai un coup d'œil à mon pasteur, puis me retournai vers la croix.

— De quoi êtes-vous au courant ?

— Eh bien, je sais que Max et toi avez quelques difficultés, mais nous avons du mal à comprendre quels ont été ces problèmes. Même si tes tantes m'en ont suffisamment dit.

Cela me fit légèrement sourire.

— Elles aiment parler.

— Elles s'inquiètent pour toi. Mais oui, elles aiment parler.

Il gloussa et se tortilla sur le banc d'église, faisant craquer le bois.

— Je veux que ça reste entre nous, déclarai-je.

— Bien sûr.

Il tapota mon dos plein de sueur et je commençai à parler. Finalement, je n'aurais pas dû me moquer de l'amour de mes tantes pour le bavardage. Je parlai, parlai, parlai, et le Pasteur Bert écouta. Lorsque je fus à court de mots, je fermai les yeux et m'affalai sur le banc, à la fois mentalement et physiquement épuisé.

— J'ai l'impression que Max et toi êtes coincés dans la peur.

— Il m'a menti.

— Parce qu'il avait peur. Et tu l'as mis à la porte, parce que tu avais peur de perdre un autre homme que tu aimes.

Posant ma tête contre le banc, j'ouvris les yeux et regardai fixement le plafond lisse et blanc.

— Je ne peux pas recommencer, Pasteur. Je ne peux pas tout donner à mon homme pour qu'il finisse par mourir. C'est juste que… je ne peux pas.

Les larmes coulèrent sur mes joues et entrèrent dans mes oreilles.

— Je sais que faire face à ses peurs est difficile. Mais ne leur cède pas. Sinon, tu ne pourras pas parler à ton cœur.

Je roulai la tête sur la gauche pour jeter un coup d'œil à l'homme de Dieu.

— Ça vient de la Bible ?

Ma connaissance des Saintes Écritures était assez nulle.

Le pasteur Bert sourit.

— Non, c'est ma citation préférée de Paulo Coelho, mais ne dis pas à Dieu que je n'utilise pas ses paroles pour conseiller mes paroissiens. Il pourrait me renvoyer.

Cela me fit rire. Même éclater de rire.

— Vous pensez que Max est mon cœur ? demandai-je.

J'utilisai le dos de ma main pour m'essuyer le visage.

— Est-ce que *tu* penses que Max est ton cœur ?

J'acquiesçai et me redressai.

— Alors tu vas devoir mettre ta peur de côté pour entendre ce que ton cœur a à te dire.

C'était logique. J'étais cependant terrifié à l'idée de répondre à ce message.

— Merci, dis-je.

Le pasteur Bert se releva.

Il posa sa main sur mon épaule et sourit.

— Si tu as besoin de moi, je serai dans mon bureau en train de boire un café.

Il partit d'un pas tranquille, fredonnant une chanson qui ressemblait grandement à *Raspberry Beret* de Prince.

Je pris une grande et profonde inspiration, sortis mon téléphone et envoyai une réponse à Max.

Toi aussi, tu me manques.

Il fallut un moment pour qu'il réponde.

Est-ce qu'on peut parler ?

J'avais envie de pleurer, de rire et de vomir. L'amour était une émotion confuse.

J'aimerais bien. Ce soir, au refuge après la fermeture. Dix-huit heures ?

Je savais qu'il n'y avait pas de match ce soir. Ce serait pour demain. Assis là, avec mon téléphone dans ma main, tremblant à cause de la nervosité, de la peur, de l'excitation, j'attendis de voir s'il voulait bien venir me parler. Peut-être… juste peut-être… que nous pourrions tous les deux vaincre nos peurs et écouter notre cœur.

On se voit à dix-huit heures. Je suis désolé. Je suis nul en amour.

Je ravalai difficilement un rire mélangé à un sanglot parce que Dieu m'avait probablement assez entendu renifler pour toute la matinée. Mes pouces bougeant lentement à cause de mes nerfs et de l'étourdissement qui avait pris le contrôle de mon système nerveux, je tapai la seule réponse qui me vint en tête.

Je suis désolé, moi aussi. Pompons-nous l'air ensemble.

Max m'envoya en retour un emoji clin d'œil que je ne compris pas avant de relire mon précédent message. Puis je rougis jusqu'au bout de mes orteils.

— Pardon, mon Dieu. Je ne voulais pas paraître aussi salace que ça en a l'air.

Je me glissai hors du banc et, retrouvant la chaleur, je sortis de l'église baptiste Rose de Beulah avant qu'elle soit frappée par un éclair mystérieux.

Chapitre 14

MAX

— ALORS ? ME DEMANDA TOLY AVEC INSISTANCE.

Il donna un petit de coup de pied dans le mien.

Je levai les yeux de mon téléphone pour regarder les hommes alignés devant moi. Connor était inquiet, Ten avait l'air sacrément sérieux, Stan se tenait avec les bras croisés sur son torse, dans sa meilleure incarnation de l'intimidation. Quant à Toly ? Il était assis à côté de moi, comme s'il pensait que j'avais besoin de soutien.

J'ai besoin de soutien.

J'avais tout gâché. Quand j'avais quitté la maison de Ben, j'étais déterminé à l'oublier, à l'assigner au groupe des personnes que j'avais rencontrées, baisées et quittées. Il n'allait plus être important pour moi. Je n'avais pas besoin de lui, de son raisonnement compliqué qui l'avait poussé à me détester. Son mari était mort. Qu'est-ce que ça avait à voir avec moi ? J'avais menti, ou du moins j'avais omis mon problème au cerveau, mais cela ne faisait aucune différence dans ma vie sexuelle. N'est-ce pas ? Quel était son problème ?

Peu importait ce que j'avais fait, peu importait qui j'étais, à ce moment, j'en avais fini avec Ben.

Puis lorsque je m'étais réveillé, le lendemain, le regret était arrivé.

Au début, ce n'était rien de plus qu'une poussée subtile et un besoin de trouver quelqu'un à qui parler. Qui allais-je choisir ? J'étais nouveau ici et j'avais déjà décidé que je ne partagerais pas ça sur la patinoire. Jusqu'à ce que, bien sûr, je merde pendant le deuxième match de la série finale pour la Coupe Stanley contre les Raptors. J'avais joué comme un robot, j'avais été impliqué dans trois bagarres et j'avais passé la plupart de mon temps dans la cage des pénalités. Nous avions perdu, et même si nous avions remporté le premier match, nous n'avions plus l'avantage.

L'équipe avait eu une discussion et ils ne m'avaient plus laissé tranquille depuis. Ce qui m'avait mené à envoyer un SMS à Ben, parce que nous étions un groupe de mecs et que le concept de la conversation en face à face sur nos sentiments ne me plaisait pas vraiment.

— On se retrouve ce soir, résumai-je.

Ten tapa dans la main de Stan, Connor soupira d'un air dramatique et Toly cogna son coude dans le mien.

— Merci, mon Dieu, marmonna Connor.

Après tout, il était le capitaine, et j'avais merdé lors de notre dernier match. J'avais de la chance de ne pas avoir été mis sur le banc.

— Qu'est-ce que tu vas dire à Ben ? me demanda Toly.

En fait, il ne me posait pas vraiment la question. Non, il voulait me confirmer que je comprenais ce qu'il m'avait *dit* d'écrire.

Aucun d'eux n'était au courant de la raison pour laquelle tout avait dégénéré. Je leur avais simplement dit que j'avais fait une connerie. Je savais que tout était de ma faute. Bien sûr, Ben allait avoir peur. Bien sûr, il s'inquiéterait. Rien de tout ça n'était de sa faute.

— Je vais lui dire que je suis désolé d'avoir merdé et le supplier de me donner une deuxième chance.

— Tu as bien raison, marmonna Toly.

Du bruit, hors du cercle, poussa les gars à se séparer, et Adler s'incrusta.

— Alors, c'est une petite réunion privée, ou elle est ouverte à tout le monde ?

Adler était exactement ce dont j'avais besoin, nous échangeâmes un sourire. Tout le monde se dispersa.

Il fronça le nez.

— Qu'est-ce que j'ai manqué ?

— Des problèmes masculins, répondis-je honnêtement.

Adler acquiesça comme s'il savait exactement de quoi je parlais.

— Je vois ce que tu veux dire. Tu sais que Layton m'a crié dessus parce que je n'avais pas remis le couvercle sur le pot de café ?

Il souffla comme si c'était la pire chose au monde. Et peut-être que pour Adler, c'était ce qu'il y avait de pire. Mais pour moi ? J'aimerais que mes problèmes soient aussi insignifiants.

Je fus le suivant à passer avec le préparateur physique. Mon genou droit me causait toujours des ennuis. Je pouvais le gérer, mais cela me faisait ressentir chacune de mes trente années. J'étais un vétéran et mon corps était usé. Au moins, quand j'étais massé, malmené, poussé, je pouvais m'éclaircir les idées et penser à ce que je voulais dire à Ben.

J'appelai le docteur Warner dès que je retournai dans

mon appartement. Je bus un café en l'entendant parler de statistiques, des inquiétudes, des angoisses et du fait que, peut-être, je me concentrais sur le négatif plus que sur le positif.

Armé de cette information, je partis au refuge pour voir Ben, demandant au chauffeur de taxi de me déposer au coin. Il me reconnut. Cela arrivait, parfois, même si cela restait rare. Être Max van Hellren n'était pas pareil qu'être Tennant Rowe. J'avais besoin de temps pour m'éclaircir les idées après avoir parlé pendant quinze minutes de la compétition pour la Coupe, donc je m'appuyai contre le mur. Je regardai une voiture ralentir en tournant au coin. Je compris que c'était l'une des équipes de sécurité que j'avais engagées qui faisait son tour réglementaire, comme toutes les demi-heures. Le conducteur me fit un signe de la tête, et je me contentai d'un petit signe de la main. Ces gens prenaient soin de l'homme que j'aimais et cela me rassurait.

Ben comprendra. Ben me pardonnera. J'aime Ben.

Je me répétai ces mots encore et encore. J'étais enfin prêt à affronter ce qui allait m'arriver, à dix-sept heures cinquante-sept précisément.

Il m'attendait, le portail sur le côté était ouvert et, peu importait les caméras de sécurité, je l'attirai dans mes bras et le serrai contre moi.

— Je suis désolé, dis-je contre son cou.

Il me relâcha avant de reculer, puis il m'embrassa. Pas brutalement, pas dangereusement, mais doucement, chuchotant entre les baisers des mots que je ne pouvais même pas entendre.

Puis ce fut à mon tour de m'éloigner.

— Nous devons parler, dis-je.

Il m'attrapa la main et me tira loin du portail qu'il referma. Il me guida vers la réception. La pièce était silencieuse, à part les petits bruits de reniflements des chiots endormis. Nous vérifiâmes qu'ils allaient bien. Ben prépara le café et nous ne parlâmes pas, jusqu'à ce que nous soyons dans son bureau, sur son canapé miteux, puis nous nous tournâmes pour nous faire face.

— Je suis désolé…

— Je voulais te dire…

Nous commençâmes à parler au même moment et nous finîmes par nous sourire.

— Toi d'abord, l'encourageai-je.

— Je t'aime, commença-t-il simplement. Je ne veux pas te perdre.

— Moi non plus, je ne veux pas te perdre.

— Ce n'est pas moi qui ai la tête toute cassée, déclara-t-il.

Il me lança ensuite un sourire ironique.

— J'ai reparlé à mon médecin aujourd'hui, je lui ai redemandé les statistiques, les possibilités et les probabilités. Avant, je me concentrais tellement sur le négatif qu'à aucun moment je n'ai vraiment écouté quand il disait que je n'aurais probablement plus jamais de problème. Mais…

Je devais être honnête.

— Il y a un risque pour que ça saigne à nouveau, et ça pourrait être un AVC, ou ça pourrait me provoquer une crise cardiaque ou… merde, la liste des horreurs est longue.

Il m'étudia prudemment.

— Le hockey n'aide pas, n'est-ce pas ?

C'était ça, le nœud du problème. Je me mettais en

danger chaque fois que j'allais sur la glace. C'était un risque acceptable pour faire ce que j'aimais. Bon sang, je dirais que l'adrénaline du combat était suffisante pour me faire revenir sur la glace chaque fois. Mais maintenant ? Le risque n'était plus acceptable, parce que je devais me battre pour quelqu'un.

— Le hockey, c'est tout pour moi, commençai-je.

Je m'étais entraîné pour cette dernière partie et l'avais apprise à la virgule près.

— J'avais trois ans quand j'ai enfilé mes premiers patins, quand j'ai tenu ma première crosse. J'avais ça dans le sang, et le but de ma vie tout entière était d'entrer dans la NHL. Je vais bien. Je vais mieux que bien. Je suis né pour être sur des patins.

Il tendit la main et saisit la mienne, la tenant alors que j'essayais de lui faire comprendre pourquoi j'avais pris une telle décision.

— Et par-dessus tout, il y a la Coupe. C'est quelque chose qui définit ma vie. Encore cinq matchs, peut-être simplement trois, et je pourrais avoir cette petite chose brillante. Je ne peux pas laisser tomber mon équipe. Je ne peux pas m'éloigner du hockey. Mais ensuite, je t'ai rencontré. Et maintenant, tu es tellement important pour moi.

Je m'arrêtai et baissai les yeux. Je ne pouvais pas regarder l'émotion dans ses yeux sombres sans étouffer. J'admettais que même si j'avais des sentiments pour lui, que je l'aimais, je devais finir l'autre part de ma vie avant de pouvoir en débuter une nouvelle avec lui.

Il me serra la main et je levai les yeux vers lui. Il n'avait pas l'air en colère ni résigné. En fait, il y avait plutôt de la compréhension dans son regard.

— Ne me déteste pas, le suppliai-je.

— Je t'aime, répéta Ben.

Il porta ma main à ses lèvres et déposa un baiser sur mes articulations abîmées. Ce baiser signifiait quelque chose. Peut-être que c'était une promesse. C'était au moins un cadeau qu'il m'offrait.

— Maximum cinq matchs, ensuite j'ai fini.

— Qu'est-ce que tu feras après ?

Je me penchai vers lui et l'embrassai, tout aussi doucement qu'il l'avait fait avec moi.

— Ensuite, je passerai le reste de ma vie à découvrir quelle est la meilleure façon de t'aimer tous les jours.

Il m'embrassa en retour et, curieusement, je sus que nous avions trouvé un terrain d'entente à partir duquel travailler. Qu'est-ce qu'un homme brisé de trente ans pouvait attendre de plus de l'homme dont il était tombé amoureux ?

Au début, le bruit cacophonique qui perça le silence de nos baisers ne voulut rien dire. Puis Ben me repoussa. Je me relevai quelques secondes plus tard, le suivant lorsqu'il quitta le bureau en courant. Je le sentis avant de l'atteindre. Le feu.

— Appelle le 911 ! hurla Ben par-dessus son épaule.

Je tâtonnai pour trouver mon téléphone, tombant sur un opérateur et annonçant qu'il y avait un incendie alors même que Ben disparaissait dans la fumée.

Les chiots.

Je ne réfléchis même pas, je suivis Ben et le trouvai en train de sortir les chiens de leur enclos, les rassemblant alors même qu'ils pensaient qu'il était en train de jouer. Il m'en tendit trois.

— L'un des enclos dehors, m'ordonna-t-il.

Je fis ce qu'il dit, courant aussi vite que possible vers les cages à l'extérieur. Je mis les chiots dans la première que je trouvai vide. Il était juste derrière moi, en portant quatre. Puis nous retournâmes à l'intérieur, sauvant les derniers petits, puis fermant la porte pour empêcher le feu de se propager. Nous reportâmes notre attention sur ce que nous devions gérer ensuite. Le feu était chaud, contenu pour l'instant dans le bâtiment des bureaux, mais le premier chenil et la zone de stockage n'étaient pas loin derrière. Et si le feu passait de l'autre côté ? J'attrapai l'extincteur du bureau et visai les flammes, me tenant entre elles et le chenil. Comme si je pouvais arrêter le feu en me tenant là.

Je devais empêcher les flammes d'atteindre la Maison des chats. Dieu savait que Ben serait capable de foncer pour sauver les animaux.

J'en épuisai le contenu. Peut-être que cela ralentirait les flammes, peut-être que non. Je ne pouvais pas en être sûr. Ben luttait sous le poids d'un énorme dogue allemand. Il vidait le chenil en danger et en sortait les chiens, mais si le feu se propageait ?

Puis je le vis.

Je les vis.

En même temps que Ben, qui se figea à côté de moi.

Rolf était là, DK se tenait devant lui, les mains levées et le visage ensanglanté. Je fis un pas en avant, me plaçant entre Ben et Rolf, dont les lèvres étaient retroussées dans un rictus.

— DK ? appela Ben.

— Je suis désolé, il m'a obligé…

— Laisse brûler, aboya Rolf.

Il poussa DK vers l'avant.

— Laisse tout brûler.

Il poussa de nouveau DK et le gamin s'écroula sur moi.

— Retournez dans le bureau.

Derrière nous, le feu crépitait, le plafond cédait. Il voulait que nous retournions dans le feu. Aucun de nous ne s'exécuta.

Il agita un flingue dans ma direction et la lumière de l'incendie dans ses yeux lui donnait un air fou.

— Dans le putain de bureau. Vous pouvez tous brûler.

Ben fit un pas pour s'éloigner de moi. Je le vis dans ma vision périphérique. Qu'est-ce qu'il faisait ?

Je bougeai, m'assurant d'être juste devant Ben et DK. J'étais plus grand et un flingue ne m'effrayait pas. Rien ne me faisait peur quand j'étais dans l'adrénaline du moment.

— Bouge ! hurla Rolf.

Il fit un pas vers moi et je ne réfléchis même pas. Je n'allais pas rester planté là et laisser ces choses m'arriver, *nous* arriver. Je m'élançai, utilisant tout mon corps pour faire tomber ce salaud par terre. Il chuta aussi facilement qu'un bleu sur des nouveaux patins. Je coinçai le revolver entre nous et me battis pour récupérer l'arme, m'agrippant à lui, le griffant, arrachant chaque once de peau nue, ignorant les jurons de Rolf.

Personne ne menaçait ceux que j'aimais.

Il était étonnamment fort, il ruait contre moi et, à un moment, il libéra l'arme, l'agitant dans tous les sens. Je claquai sa main sur le sol, l'entendant crier et percevant la détonation. Je dégageai le revolver de sa main et m'éloignai, attrapant le flingue en roulant et m'agenouillant pour le pointer sur son visage.

— Reste là, enfoiré, criai-je par-dessus le bruit du feu et des sirènes.

Merci, mon Dieu, j'entendais des sirènes.

Je jetai un coup d'œil à Ben, qui était agenouillé, tenant son bras. DK essayait de l'aider à se lever, puis le chaos s'envenima.

Quelqu'un me prit le pistolet, une autre personne m'aida à me lever et me demanda ce qui s'était passé. Mais à ce moment-là, je regardai Ben et vis du sang sur son t-shirt blanc. Il avait été blessé.

Je me frayai un chemin jusqu'à lui, ignorant ceux qui m'appelaient.

— Que s'est-il passé ?

— La balle l'a effleuré, expliqua DK alors même que je me rapprochais de Ben.

Le flingue ? Une balle ? C'était moi qui lui avais fait ça. Les regrets furent amers dans ma bouche, puis il fit cette chose incroyable. Il sourit simplement.

— Merci, dit-il.

— Je t'ai tiré dessus, bredouillai-je aveuglément.

— Rolf m'a tiré dessus, c'est lui qui avait l'arme.

— Est-ce que tu… Est-ce que je…

J'avais perdu la capacité de parler, puis ce fut trop tard. Un pompier s'occupa de Ben, les bénévoles arrivèrent pour les chiens et brusquement, je me retrouvai tout seul devant le portail.

— Nous l'avons sur les caméras, annonça quelqu'un à mes côtés.

Je le contournai, le même homme que j'avais vu dans la voiture pendant sa ronde. J'eus envie de le secouer. Comment diable cela avait-il pu passer sous sa surveillance ?

Il leva une main, comme s'il savait ce que j'allais dire.

— Nous avons vu le revolver dans le dos du neveu, nous avons appelé des renforts.

Je ne pouvais pas entendre ça, je ne pouvais rien entendre. J'allai trouver Ben.

Je le vis avec les chiens, en train de parler à un DK visiblement secoué. Je me plaçai derrière lui et l'enlaçai.

— Qu'est-ce que je peux faire ?

Il se tourna dans mes bras et je vis l'ombre dans ses yeux.

— Je ne sais pas par où commencer.

— Tu devrais aller à l'hôpital, m'entendis-je dire, mais je savais qu'il ne le ferait pas.

— Je dois m'assurer… Les chiens…

— Les chiens et les chats vont bien.

Je jetai un coup d'œil à son bras et à la tache rouge qui s'élargissait sur sa manche, ainsi que le sang qui coulait sur son avant-bras.

— J'irai plus tard.

— *Ben.*

— Je te jure que j'irai plus tard. Ce n'est qu'une égratignure.

Cette égratignure saignait carrément. J'arrêtai néanmoins de le contredire. Je demandai à DK d'aller prendre le kit de premiers secours et de s'occuper de son oncle pendant que je l'aidais de toutes les façons possibles.

Je restai avec lui et le soutins, haïssant l'inquiétude dans ses yeux, le regardant alors que le choc le rendait maladroit. Je voyais bien dans ses épaules qu'il était tendu et je ne pensai pas une seule fois au hockey.

. . .

BIEN SÛR, cela me revint en pleine poire le lendemain matin. J'étais resté debout une grande partie de la nuit, travaillant avec Ben, cédant enfin au sommeil dans la voiture de Ben, à cinq heures du matin. Je l'avais pris dans mes bras et l'avais écouté parler de ses peurs pour l'avenir.

J'avais eu envie de lui dire que je lui achèterais un avenir, que j'avais assez d'argent pour tout régler, mais ce soir, ce n'était pas le bon moment.

Mon portable sonna juste après sept heures du matin. Connor. Puis Ten, peu de temps après. Ensuite Stan, qui laissa un message confus que je ne compris pas à propos de chiens avec des dents. Je rappelai Connor et sus qu'ils étaient au courant. Tout le monde savait pour le feu à cause du journal.

— Où es-tu ?

— Au refuge.

— Tu vas bien ? Ils ont dit que tu avais mis un mec armé à terre.

— Je vais bien.

— Et ils disent que Ben s'est fait tirer dessus ?

— Une blessure superficielle.

Je ne voulais pas discuter. J'étais épuisé et j'avais besoin de sommeil. Ben devait dormir et être examiné par un médecin. Les animaux devaient être mis en sécurité, le refuge devait être reconstruit.

Connor s'éclaircit la gorge.

— Le coach t'accorde une pause pour te requinquer ce soir.

J'avais deviné qu'il dirait ça. Je m'y étais attendu. Dieu savait quelle performance merdique j'aurais donnée sur la glace avec tout ce qu'il s'était passé.

— D'accord.

Je n'allais pas me battre.

— Je veux que tu reviennes, Max, dit Connor.

Il ne me donnait pas un ordre, il ne me cajolait pas. Il déclarait simplement un fait.

— Au prochain match.

Le match suivant, après celui de ce soir, était dans deux jours. Voulais-je jouer au hockey plus que je ne souhaitais aider Ben ? J'ouvris la bouche pour expliquer que j'étais confus, mais on m'arracha le téléphone de la main.

— Allô, qui est-ce ? s'enquit Ben.

Puis il hocha la tête et écouta ce que Connor lui disait.

— Oui, je serai là.

Il me regarda ensuite en concluant sa conversation.

— Je vais m'en assurer, parce que les Railers ont une coupe à gagner.

Chapitre 15

BEN

LE TRUC QUAND ON ÉTAIT AUTORITAIRE C'ÉTAIT QUE, généralement, ça nous revenait en pleine face. Ce qui était la raison pour laquelle j'étais assis dans un minuscule box aux urgences, à six heures du matin, en train de me faire suturer le bras. Max avait lui-même commencé à faire son petit chef et avait appelé un taxi, malgré le fait que nous avions un chenil et une pension pour chats à vider. Tous les animaux de Crossroads devaient être transportés vers d'autres chenils ou amenés à la maison par le staff et des bénévoles. Certains des chiens les plus vieux avaient été gentiment accueillis par les employés, mais le reste était maintenant en transit vers d'autres refuges. C'était quelque chose que je devais superviser, puisque j'étais le manager. Mais, non, monsieur le hockeyeur s'était montré insistant et directif comme un petit ami, ou un truc du genre. Ce qui était assez sympa, mais je ne le disais pas à Max.

Alors voilà où j'en étais, ne regardant pas les points qu'on me faisait sur le biceps. Il valait mieux que j'observe

Max, assis sur une chaise moche, avec une tasse à café dans les mains. Il était couvert de suie, empestait la fumée et avait l'air exténué, bien plus vieux que son âge. Cet homme était beau. Et j'avais failli le perdre.

— Il a fini ? demandai-je quand je sentis un léger tiraillement.

Max inclina la tête pour jeter un coup d'œil au médecin urgentiste.

— Non.

Je fermai les yeux.

Max continua de parler.

— Un jour, j'ai eu quarante-deux points sur le front. Un coup de patin. Juste là.

Je jetai un coup d'œil à la cicatrice, juste à la racine de ses cheveux.

— J'y suis retourné et j'ai joué la fin du match. C'est la meilleure troisième période que j'ai jamais vécue, en termes de coups.

— Je pensais bien vous avoir reconnu, dit le médecin.

Max et lui commencèrent à parler de hockey. Je restai planté là, mon esprit tourbillonnant follement, l'épuisement aussi lourd que si une enclume m'était tombée dessus, sortie de nulle part.

La blessure était refermée, bandée, et je me sentais toujours endormi, mentalement incapable de me connecter à quoi que ce soit, hormis au fait qu'on m'avait tiré dessus. Enfin, ouais, je savais qu'on m'avait tiré dessus, parce que ça faisait vraiment horriblement mal, mais il y avait eu l'incendie, la police et l'organisation de l'accueil des chiens, des chats et… et…

— Ben.

Je levai les yeux de mes mains tremblantes et

ensanglantées pour voir Max quitter sa chaise, son visage envahi par l'inquiétude.

— Je dois demander au médecin de revenir ?

— Non, c'est juste que…

J'essuyai mes joues mouillées avec ma main droite, maintenant conscient de mes larmes.

— Il voulait me tuer. Enfin… Qu'est-ce que j'ai fait à cet homme à part aimer son frère ? Mon Dieu.

— Je te tiens.

Et il le fit. Il me prit dans ses bras et me serra tandis que je toussais, criais, essayais de comprendre pourquoi ce crime de haine avait eu lieu. Rolf avait brandi un revolver en direction de son fils. De son *fils* ! Il avait mis le feu à mon refuge, menacé de tous nous tuer, et pour quoi ? Un petit bout de propriété ? Bien sûr, le terrain avait une certaine valeur, mais pas autant qu'il le pensait, j'en étais sûr. Enfin, c'était quoi ce délire ? Était-ce la haine ou l'avidité qui l'avait incité à utiliser tant de violence ?

— Je te tiens, chuchota Max encore et encore.

Sa grande main bougeait en cercles dans mon dos pour m'apaiser.

— Je ne te quitterai plus.

J'enfouis mon visage dans son cou et m'accrochai à lui jusqu'à ne plus pouvoir pleurer. Je tremblais tellement et j'étais si secoué que je n'avais même pas honte de pleurer. Puis Max se remit en mode « garde du corps » et parla au médecin pour moi. Il promit de s'arrêter en rentrant pour récupérer les antibiotiques et les antidouleurs prescrits sur mon ordonnance, me chuchota où je devais signer pour pouvoir sortir, puis m'accompagna vers un taxi qui attendait. Ma Jeep était toujours au refuge. DK était reparti avec sa mère. Il ne serait probablement plus jamais autorisé à me rendre visite. Et Rolf était incarcéré à la prison du comté, attendant qu'on paye sa caution. Il était déjà certainement en contact avec un avocat obséquieux pour précipiter sa sortie.

Le trajet jusqu'à la maison passa dans un brouillard, alors que j'étais à l'arrière du taxi. Max passa à la pharmacie de Mike pour récupérer mon ordonnance. Il avait déjà payé le chauffeur. Il attira mes tantes énergiques dans la cuisine avant de revenir pour m'aider à monter les escaliers, Bucky sur nos talons, ravi de sortir de sa cage.

— J'aime bien ce petit côté Whitney Houston et Kevin Costner qui est en train de se passer entre nous, le taquinai-je.

Il me retira mon t-shirt ensanglanté. La blessure commençait à palpiter en rythme avec mon cœur.

— J'espère que tu chantes mieux que tu ne danses. Allonge-toi et dors. Je vais voir tes tantes, sortir le chien et je reviens à tes côtés.

— D'accord.

Je n'avais pas l'énergie de dire plus que ça. Il déposa un baiser sur ma joue, puis remonta les couvertures sur mon lit. Mon homme attendit à côté, me regardant, jusqu'à ce que je sois sous les draps, aussi à l'aise que possible, étant donné que je m'étais fait tirer dessus.

— Ben, je serai juste là. Tu seras en sécurité. Dors.

Il passa ses doigts sur ma joue. Bucky me lécha le visage. Max éteignit la lumière et ferma les rideaux. Je l'entendis vaguement appeler le chien. Ce fut tout ce dont je me souvenais.

Max dut me réveiller pour me faire avaler des cachets. Il y eut ensuite de la chaleur des deux côtés de moi : mon homme sur la gauche et mon chien sur la droite. Plus rien ne gigota après ça. Lorsque je me réveillai, j'étais face à mon chien. La queue de Bucky tapa sur les couvertures dès que mes yeux s'ouvrirent. Cela me fit sourire. Comment aurait-il pu en être autrement ?

— Salut, Soldat de l'Hiver.

Je tendis la main pour le caresser et grimaçai. Aïe. Bon sang, c'était une blessure superficielle, mais elle faisait sacrément mal. Bucky bondit du lit et courut en cercles tout en aboyant, puis il remonta alors que je me redressais lentement en position assise. J'entendis quelque chose de lourd monter les escaliers. Max accourut de l'autre côté de la pièce, comme si Satan lui mordillait les talons, ses beaux yeux écarquillés.

— Pourquoi est-ce qu'il aboie ? demanda Max.

Bucky jappa pour saluer mon amant. Il s'assit ensuite à côté de moi.

— Il est content que je me sois réveillé, j'imagine.

Tout le corps de Max s'affaissa sous le coup du soulagement.

— Il m'a fait peur. Je croyais que… Eh bien, je croyais que quelque chose était arrivé, ou que quelqu'un…

Il secoua la tête.

— Ce n'est pas important. Tu as l'air en meilleure forme.

— Ouais, je me sens mieux, j'imagine.

Je jetai un coup d'œil au réveil à côté du lit. Il était dix-sept heures cinq. Pas étonnant que je me sente reposé.

— Tu veux manger quelque chose ?

— Dans un moment. Là, je veux juste prendre une douche et me brosser les dents.

Je me levai. Max était juste là.

— Je vais bien. Vraiment. Ce n'est qu'une blessure

superficielle, dis-je dans ma meilleure imitation de Monty Python.

Il me donna une ferme étreinte et je restai longtemps dans ses bras. Bucky renifla nos jambes, faisant de son mieux pour s'incruster entre nous.

— Tu es un cabot idiot, déclara Max en souriant.

Il tendit la main pour le caresser derrière les oreilles.

— Va te doucher. Je me charge du dîner. On mangera et ensuite, on parlera.

— Je t'aime.

Je voulais juste le dire parce que j'en avais besoin. Souvent. Tous les jours. Bon sang, toutes les heures, si c'était possible.

— Moi aussi, je t'aime.

Il m'embrassa sur le front, avant de partir à pas feutrés. Bucky préféra rester avec moi alors que je me douchais et enfilais un boxer propre, puis un short et un débardeur. Baisser et lever mon bras fut douloureux. J'imaginais que je n'étais pas fait pour être un héros.

Lorsque j'entrai dans la minuscule cuisine, mon grand homme dressait deux assiettes sur la table. Juste deux assiettes, mais mon Dieu, il devait y avoir au moins vingt plats différents sur le plan de travail. Je lançai un regard confus à Max. Il haussa les épaules.

— La paroisse de la Rose de Beulah a été bien occupée.

— Eh bien, j'imagine, murmurai-je.

J'observai les plats de lasagne, les gratins de poulet ou de thon, le riz avec les haricots, les pâtes au fromage. Des tartes et des gâteaux étaient entassés près de la cafetière qui, merci, mon Dieu, était remplie.

Max apporta le gratin de thon sur la table, remplit nos

tasses de café et s'assit en face de moi. Bucky se glissa sous la table, au cas où une miette tomberait.

— Où sont les vieilles ? demandai-je après quelques bouchées.

— Chez elles. Je leur ai demandé de nous donner du temps pour que tu te rétablisses. Elles ont dit qu'elles allaient planifier une vente de pâtisseries pour le refuge.

— C'est sympa. On va avoir besoin de tout l'argent possible pour réparer les dommages causés par le feu. Mon assurance est… Quoi ? Tu as une drôle de tête. Il s'est passé quelque chose ?

— Rien de mal. L'expert de l'assurance passera demain.

Le soulagement traversa mon visage.

— Alors qu'est-ce qu'il y a ? C'est DK ?

— Non, il va bien. Il a appelé depuis la maison de sa mère. Il va vivre avec elle jusqu'à ce qu'il parte pour l'université à Williamsport, en automne. Il passera quand même nous rendre visite. Je pense que, peut-être, sa mère est un peu inquiète.

— Je ne peux pas dire que je lui en veux. Après tout, je ne l'ai pas du tout gardé en sécurité.

Soudain, ma nourriture n'eut plus de goût. Je repoussai l'assiette sur le côté.

— Je n'ai pu protéger personne. Ni les animaux, ni mon neveu, ni le refuge que Liam et moi aimions, ni toi.

— Hé, écoute, tu n'as pas le droit de porter ce fardeau de culpabilité, tu m'entends ?

Il tendit la main au-dessus du plat à gratin pour attraper la mienne. Je levai les yeux de mon assiette pour le regarder. Il semblait sévère, mais je perçus de la douleur dans ses pupilles.

— Si quelqu'un est responsable de ce qui est arrivé,

c'est moi. J'aurais dû payer plus, la sécurité aurait été meilleure. J'aurais dû m'assurer que le portail était verrouillé quand on avançait en s'embrassant. C'est totalement de ma faute, ce n'est pas de la tienne. Tu es une victime.

— Payer pour que la sécurité soit *meilleure* ?

Bucky couina sous la table et je posai mon dîner par terre pour lui, mon regard rivé sur Max.

— Qu'est-ce que tu veux dire ?

Il baissa les yeux sur son assiette.

— Oh, eh bien. Ouais. En fait, je suis peut-être le mystérieux bienfaiteur.

Quand il releva la tête, le feu avait quitté son regard. Il avait maintenant l'air penaud. Ce fut plaisant à voir chez un joueur de hockey d'habitude rustre.

Je lui lançai un sourire tremblant et entrelaçai mes doigts aux siens. Bucky dévora bruyamment mon dîner. Un vent chaud se glissa par la moustiquaire à l'arrière.

— Je ne pense pas que je pourrais t'aimer plus que je t'aime en ce moment.

Son regard croisa le mien et tellement d'émotions étincelèrent et crépitèrent entre nous que je n'arrivai même pas à le formuler avec des mots.

— Retournons au lit. J'ai besoin que tu m'aimes. Que tu éloignes doucement le foutoir extérieur pendant un moment.

— Je peux t'aimer tendrement.

Ce n'était pas un mensonge. Cet homme pouvait aimer *si* tendrement. Il me remit au lit, m'enleva mes vêtements avec un soin infini pour mon biceps bandé, puis il m'embrassa partout. Il déposa de petits baisers qui me chatouillèrent le torse et les hanches, la plante de mes pieds, le creux de mon cou. J'étais comme léthargique et détendu, chuchotant de petits mots inarticulés lorsqu'il lécha mon membre, me prenant profondément dans sa bouche, ses doigts remontant sur l'intérieur de mes cuisses. Lorsque je tendis la main vers lui, il l'éloigna.

— C'est seulement pour toi, dit-il.

Son amour nous enveloppa, bloquant la haine qui s'était insinuée dans nos vies, et mon orgasme grandit lentement.

Quand je fus à deux doigts de la jouissance, il me prit dans sa main, me caressant tout en continuant de me lécher. Mes yeux se fermèrent, mes doigts s'agrippèrent dans les draps. Il suçota habilement l'extrémité, travaillant la longueur dans un lent mouvement avec son poing.

— Ah, pitié ! m'exclamai-je.

Les tremblements me traversèrent encore et encore. Max rampa jusqu'à moi, autant qu'un homme de sa taille puisse le faire. Il décrivit un chemin tendre le long de ma mâchoire en m'embrassant, puis arriva à mes lèvres. J'attirai sa tête vers le bas, scellant sa bouche avec la mienne, et bougeai jusqu'à ce que nous soyons allongés l'un à côté de l'autre, nos regards rivés l'un sur l'autre. J'avais le membre épais de Max dans ma main.

— À ton tour.

— C'était censé être juste pour toi, dit-il d'une voix rendue rauque par la passion.

— On partage tout à partir de maintenant, répondis-je.

Je passai mon bras blessé sous l'oreiller alors que je le caressais de la base à l'extrémité.

— Les orgasmes et les tantes fouineuses.

Il gloussa, ses yeux dorés étincelant.

— Je suis vraiment partant pour les orgasmes, mais pour les tantes fouineuses ?

— Tu as cent pour cent de Ben Worthington et de sa vie tordue, à présent. C'est ça, quand on est amoureux.

Son grand corps trembla.

— J'aime ce que tu dis. Même les tantes fouineuses et le chien inquiet à la porte.

Bucky couina piteusement dans le couloir, ses reniflements sous la porte de la chambre nous faisant rire tous les deux.

— Le truc dans mon cerveau ne te dérange pas ?

Je frottai ma paume sur le dessus de son sexe.

— Non, pas *ce* cerveau. Celui avec lequel je ne réfléchis généralement pas autant que je le devrais.

— Je commence à l'accepter. Je déteste le redouter, mais d'un autre côté, tout ce que tu amènes dans ma vie me convient.

Aucune parole plus sincère n'était jamais sortie de ma bouche.

PENDANT CE MATCH, Max resta sur le banc. Il n'en était pas heureux, mais étant donné la situation atroce que nous venions juste de traverser, c'était simplement logique. Même s'il disait qu'il allait bien, et que pour moi aussi, ça allait, il devait gérer des problèmes lourds. Dieu seul savait que je n'étais pas en forme. Chaque bruit me faisait sursauter. Quelqu'un avait laissé tomber le couvercle d'une poubelle au refuge et je m'étais presque allongé par terre, les mains sur la tête. Ce n'était pas mon plus grand moment de fierté, mais ce coup de feu allait probablement me hanter, ainsi que Max et DK, pendant des mois.

Puisque j'étais autant sur les nerfs, Max m'avait fait entrer dans la zone réservée à la presse après avoir obtenu l'accord de l'équipe. Il s'agissait d'un endroit spécial de la patinoire d'où les médias pouvaient commenter le match. Il y avait beaucoup de nourriture pour les commentateurs et les invités. De petits escaliers créaient comme des petits bureaux avec vue sur la glace en dessous. Des ordinateurs et des journalistes sportifs occupaient les sièges.

Max portait un costume bleu foncé. J'avais enfilé un pull large vert par-dessus un débardeur, et un jean noir. Une fois que nous quitterions la patinoire, je pourrais enlever le pull.

J'avais espéré pouvoir me fondre dans le décor, mais la presse se réunissait un peu trop autour de Max et moi, posant bien trop de questions sur l'incident de Rolf à mon goût.

— Nous n'avons pas encore le droit d'en parler, dit Max.

Il passa à côté des journalistes et joua des coudes pour m'amener jusqu'à mon siège. Un jeune homme, de peut-être vingt ans, avec des vagues brunes nous salua avec un sourire chaleureux et une poignée de main.

— Papa a dit que tu serais dans la zone de presse ce soir, déclara ce gamin génial en me serrant la main puis celle de Max.

— Papa ? répéta Max en continuant de tenir la main du jeune homme.

— Oh, pardon. Ouais, je suis Ryker Madsen.

— Sans rire. Le coach parle tout le temps de toi. Il dit que tu es doué pour le hockey.

En regardant Ryker de près, je devinai un peu de Jared Madsen en lui.

Le jeune homme rougit légèrement.

— Ouais, il se vante un peu. Je me débrouille pas mal. Je suis loin d'être comme Ten.

— Peu de gens sont aussi doués que lui, le rassura Max.

Personne ne pensa à le contredire.

— Voici mon petit ami, Ben.

— Ravi de te rencontrer, dis-je au gamin avant de lui serrer la main.

Nous nous assîmes et regardâmes les équipes s'échauffer sur la glace. Pauvre Max. On voyait bien que ça le tuait d'être ici. Je me sentis mille fois coupable d'avoir gâché encore quelque chose pour lui. Toute cette folie avec Rolf, c'était de ma faute, il avait juste été…

— Hé, ne pense pas à ça, chuchota Max à mon oreille. Alors, Ryker, comment ça se passe à l'université.

Le gamin dégingandé haussa les épaules.

— Ouais. C'était pas mal. J'ai demandé un transfert vers un autre campus dans le Minnesota pour l'année prochaine. Ma vieille école n'est pas aussi inclusive que je l'aurais voulu. L'équipe et le campus d'Owatonna U sont au top pour le hockey et le doyen est ouvert d'esprit. Ils ont des chambres spéciales pour les LGBT et l'équipe est menée par un coach qui est catégorique sur la tolérance.

— Le Minnesota, c'est le paradis du hockey. Tu vas jouer dans des équipes excellentes, dit Max.

La conversation se dirigea vers le hockey universitaire.

Ryker alla chercher à manger et à boire et réapparut avec suffisamment de cochonneries pour toute une équipe de hockey. Il m'en donna un peu, puis plongea dans une assiette de charcuterie, de petits pains et de salades.

— C'est un mec en pleine croissance, chuchota Max sur le côté.

J'acquiesçai en silence. Je me souvenais de tout ce que DK avait mangé quand il était avec moi. Il me manquait. Maudit soit Rolf pour avoir causé autant de chaos et avoir blessé tant de personnes. Je jetai un coup d'œil à Max et compris qu'il me scrutait avec inquiétude. Rolf et ses conneries furent repoussés dans un coin de mon esprit. Je refusai de le laisser gâcher un autre moment de ma vie.

La conversation se déroula naturellement avec Ryker. C'était un jeune affable, malin, marrant et plutôt charmant.

Le match avait l'air différent d'en haut, les joueurs étaient plus petits et difficiles à distinguer. Heureusement, l'écran géant était juste devant nous, je pus donc voir le visage immense d'un chanteur célèbre hurler l'hymne national pendant que je grignotais des crackers au fromage fort.

La patinoire vibrait d'excitation. Tous les fans étaient bruyants et criaient, jusqu'à ce que les Raptors marquent après moins de deux minutes du jeu. Cela devint un peu plus calme, mais les chants scandant « Allez, les Railers » s'entendaient sans discontinuer dans l'arène bondée. Puis l'équipe d'Arizona montra son mauvais visage et s'en prit à Tennant Rowe, comme des hyènes le feraient avec une gazelle blessée. J'avais déjà vu cela avec notre joueur star de Washington, ainsi que celui de l'équipe de Pittsburgh. Tous les attaquants un tant soit peu doués étaient visés. Si vous éliminiez celui qui marquait des buts, vous aviez de meilleures chances de remporter le match. C'était parfaitement logique, même si c'était barbare.

Ten ne pouvait pas faire une passe ni tenter un but sans avoir un défenseur sur lui, le malmenant, le poussant, le frappant. Peu importait le nombre de pénalités sifflées par les arbitres pour coup de poing ou crosse levée trop haut, les Raptors, et en particulier un grand Finlandais du nom d'Aarni Lankinen, continuèrent d'attaquer Rowe. Ce qui mit tout le monde sur les nefs sur la glace, y compris l'homme assis à ma gauche.

— Enfoirés, cracha Max.

À quelques minutes de la fin de la troisième période, il y avait 3-0 et Tennant saignait du nez à cause d'un autre coup de crosse.

— J'étais censé être là-bas pour protéger Ten. Le coach m'a demandé de le garder en sécurité.

Encore une chose malheureuse que j'allais ajouter à la pile d'horreurs provoquées par Rolf. À la fin du match, les Raptors n'avaient pas encaissé un seul but, le gardien de l'Arizona avait absolument tout bloqué. En plus, Tennant Rowe allait probablement devoir se faire recoudre le nez. Impossible de consoler Max.

— Je vais réduire ces petits cons en bouillie lors du prochain match, aboya-t-il.

Nous étions assis, seuls dans la zone de presse, regardant fixement la machine qui lissait la glace.

— Fracasse-les, marmonna Ryker pour montrer son approbation.

Chapitre 16

MAX

J<small>E SENTIS LES BÉNÉFICES DU REPOS DÈS QUE JE POSAI UN PIED</small> sur la glace pendant l'échauffement précédant le match suivant. J'avais déjà prévenu, lors des interviews organisées pendant notre journée de libre, que j'étais là pour protéger Ten et que nos adversaires n'auraient aucune chance de continuer à le traiter comme ils l'avaient fait lors du dernier match. Chaque équipe tentait sa chance, une fois qu'elle était arrivée aussi loin dans la Coupe, mais si ça allait être sanglant, alors ce serait moi qui donnerais les coups.

— Est-ce que vous avez un message pour eux ? demanda l'un des journalistes.

Je ne savais pas qui c'était, mais j'étais prêt pour la question.

Je fis face à la caméra. Je savais ce que la presse voulait, ce dont l'équipe avait besoin, et j'étais prêt à leur donner.

— Je viens vous chercher.

Et maintenant, je décrivais des huit sur la glace, juste avant le match, ma crosse manipulant le palet, alors que la patinoire vibrait au son des basses de Shakira. Je me rapprochai de la ligne centrale, croisant le regard de mes adversaires, leur faisant savoir que je les surveillais. Que cette astuce psychologique fonctionne ou non, je m'en fichais. C'était un avertissement. Je pris le palet avec ma crosse et le passai de droite à gauche, restant planté là, au centre, à fixer les Raptors. Deux défenseurs se rapprochèrent et essayèrent de se mettre devant moi, mais honnêtement, c'était moi qui devais prouver quelque chose, je n'allais laisser aucune intimidation me faire dérailler.

Le coach était bien plus agité ce soir. Soit il était énervé par notre défaite lors de notre dernier match, soit quelqu'un lui avait donné un verre. Il demanda aux premiers joueurs de se mettre en formation. J'étais le premier en défense et Ten était sur la première ligne. Je connaissais mon travail.

Cela dura trois secondes. Nous perdîmes le premier affrontement, mais ça n'avait pas d'importance. Je poussai Aarni Lankinen et lui arrivai en pleine tête, perdant mon calme, et ce fut terminé. Avec le rugissement de la foule dans mes oreilles, je voulais punir Lankinen et lui donner une leçon.

Il savait que cela arriverait, avec sa crosse sur la glace. Il retira ses gants. Il faisait peut-être cinq centimètres de moins que moi, mais il était musclé et rapide sur ses patins. Et il y avait une lueur d'anticipation dans son regard. Il en avait autant envie que moi. Une victoire pour lui mettrait un point final à tout ce qu'il avait déjà fait subir à Ten. Une victoire pour moi ne serait que justice.

Nous ne perdîmes pas de temps. J'étais à fond. Je lui envoyai un grand coup dans la pommette. Il contre-attaqua avec un coup de poing qui me toucha le menton et fit brusquement partir ma tête en arrière. Un homme plus fragile aurait abandonné, ou aurait tiré Lankinen sur la glace pour s'asseoir sur lui, mais j'étais en colère.

Je me sentais désespéré parce qu'ils avaient visé Ten, coupable de ne pas avoir été là pour l'arrêter, furieux contre Rolf et ce qu'il avait fait au refuge et, encore plus important, à Ben. Tout cela bouillonna en moi, un élan de colère, de douleur et d'exactitude létale. Un coup de poing, au bon endroit, et Lankinen fut à terre, agrippant mon t-shirt pour m'attirer vers lui. Étalé comme ça, j'avais un visage toujours écarlate, et je tentai de lui donner davantage de coups, ne m'arrêtant que lorsque deux responsables et ma propre équipe tentèrent de m'éloigner. J'avais du sang sur les mains, sur le visage, et ce fut fini.

Message reçu.

Je patinai pour m'éloigner de Lankinen, étalé sur la glace, les bras et les jambes en croix. Je partis inévitablement vers le banc des pénalités et cognai le poing de Ten en passant. Le gamin avait le plus grand des sourires, même s'il essayait de le cacher. Jared ne dit rien, il ne regarda même pas dans ma direction, mais il me tapota l'épaule quand je quittai le banc des pénalités, et ce fut suffisant.

Nous reprîmes le contrôle du match à partir de ce moment, et nous jouâmes avec le feu. Ben n'était pas là, ce soir, il avait trop de choses à faire au refuge et je l'avais encouragé à ne pas venir. Je n'étais pas sûr que ce soit une bonne idée qu'il me voie saigner.

Nous gagnâmes par trois buts, dont deux d'un Tennant Rowe encore en train de sourire.

Nous étions à égalité pour la finale de la Coupe Stanley.

Les foutus Railers étaient encore en course. Il restait trois matchs, si nous pouvions en gagner deux, nous pourrions être les putains de champions.

Nous avions seulement besoin de deux matchs supplémentaires.

Le prochain match se déroulerait en Arizona, c'était le seul truc qui craignait, puisque cela signifiait que nous devrions subir un long vol.

Mais devinez quoi ? Ben resta éveillé pour ce match et nous regarda gagner avec une petite marge, sur la glace de l'équipe adverse. Nous avions la tête dans les nuages.

Nous pouvions ramener cette coupe à la maison. Tout ce dont nous avions besoin, c'était d'un match de plus.

ME RENDRE au refuge fut comme rentrer à la maison. J'avais mémorisé le code du portail, je n'avais donc pas besoin de sonner. Personne ne me regarda étrangement en me voyant dans l'entrée, fixant ce qui restait du bâtiment contenant les bureaux.

Ben avança vers moi en quittant le chenil, des papiers sous le bras et son expression indéchiffrable.

— C'est toi qui as fait ça ?

Il montra du pouce les hommes regroupés en train de discuter et de désigner du doigt les bureaux. Ils portaient tous des casques de chantier et ils abordaient beaucoup de sujets. Bien sûr que c'était moi. Le lendemain de l'incendie, j'avais demandé à mon agent de me donner le numéro du meilleur constructeur, du meilleur architecte, et je voulais que ce soit fait maintenant. Je n'avais jamais demandé une telle chose auparavant, je n'avais jamais utilisé mon argent pour graisser la patte des agents de la mairie. Qui aurait pu savoir que le chef du département de l'agriculture était fan de hockey ? Des places pour lui et sa fille, passionnée de hockey, avaient suffi pour qu'il se dépêche de faire tout ce qui devait être fait.

Mais je ne pouvais pas analyser l'expression de Ben, et je me demandai si, peut-être, ce que j'avais fait était si mauvais que cela ne pourrait jamais être arrangé. Je n'étais pas sûr de savoir comment répondre à la question, et il se plaça juste devant moi avant que je puisse réfléchir aux bons mots.

— Qu'est-ce que tu veux dire ?

Je restai planté là.

— Ils veulent commencer à tout nettoyer aujourd'hui. Trois semaines, et ils pensent que le centre sera de nouveau fonctionnel.

Il n'avait l'air ni enthousiaste ni en colère. Je me dis que si je devais résumer, je dirais qu'il était désagréablement surpris.

Je ne pouvais pas me retenir. Il pouvait être en colère s'il le voulait, mais j'étais fier de ce que j'avais fait pour lui et j'étais fier des fans des Railers qui avaient donné au match d'hier soir et qui avaient récolté plus de trente mille dollars pour le refuge. Il ne pouvait pas encore le savoir. J'avais la somme finale dans ma poche, ainsi que des chèques personnels de la moitié des joueurs de l'équipe. C'était largement assez pour que le refuge soit reconstruit et amélioré. Peut-être même qu'ils pourraient embaucher plus de personnel et ouvrir un second refuge où je pourrais travailler avec lui après le hockey.

L'équipe connaissait Ben et aimait ce qu'il faisait. Comment pouvait-on ne pas aimer ça ?

Il prit mon visage en coupe, puis sourit, juste un petit sourire, quand la compréhension envahit son regard.

— Merci, dit-il.

Nous nous embrassâmes, puis nous étreignîmes, et je sus que j'avais fait ce qu'il fallait. Maintenant, si seulement je pouvais penser davantage à ma vie post-hockey, à une existence avec Ben, alors peut-être que je pourrais me concentrer sur ce qu'il y avait de positif, comme sur le docteur Warner, qui continuait de dire qu'un nouveau saignement dans mon cerveau était improbable.

Après tout, qui savait combien de temps pouvait durer la vie d'un homme ? C'était ce qu'on faisait de notre vie qui comptait.

LA TENSION ÉTAIT ÉLEVÉE dans la pièce. Le coach s'était mué en Mec Silencieux, mais il était concentré et déterminé. Sa posture dans le vestiaire était implacable.

— Ils vont viser Ten. Ils sont aussi désespérés que nous.

Il n'avait pas besoin de le dire, nous le savions tous, mais entendre ces mots rendait le tout tellement réel.

Juste là, devant dix-sept mille fans des Railers, qui s'étaient accrochés à cette équipe en développement, nous pouvions remporter le plus grand prix du hockey.

Le match commença doucement. Je dirais même que nous jouions prudemment, ne voulant pas faire d'erreurs stupides, et eux se retenaient pour ne pas avoir de pénalités. Ce fut un peu comme si nous nous jaugions. Je m'étais déjà retrouvé face à face avec Lankinen. Nous avions échangé des moqueries, nous étions un peu trop rapprochés de l'autre, mais ce soir, nous ne nous battrions pas.

Ce soir, le coach avait besoin que je patine comme un chef et que je crée des opportunités pour nos attaquants. Nous devions jouer *comme il fallait*.

Aucun but ne fut marqué en première période. Il ne restait que deux minutes dans la deuxième quand les Raptors réussirent enfin à mettre un but à Stan. Je n'étais pas sur la glace, puisque deux autres défenseurs prenaient leur tour, mais même si j'avais été là, je n'aurais pas pu empêcher le rebond chanceux qui passa à côté d'Adler et cogna dans le genou de Stan.

Ce dernier se tourna vers sa cage, ne réagissant pas au but, mais je pouvais imaginer ce qu'il faisait. Il demandait de l'aide, s'excusait, qui diable pouvait le savoir.

— Ce n'est rien, les gars, dit le coach dans le vestiaire. Ce n'est qu'un but.

Un but, c'était un de trop, et nous le savions tous. Vingt minutes se dressaient entre nous et la Coupe. Si nous perdions ce match, nous devrions retourner en Arizona.

— Il fait trop chaud en Arizona, marmonnai-je sombrement dans la conversation. Je n'y retourne pas.

Silence. Puis, un par un, les mecs montrèrent qu'ils étaient d'accord.

La dernière période de vingt minutes commença assez bien, Ten était partout sur la glace, et le but qu'il mit après avoir patiné à toute vitesse et avoir agité sa crosse encore plus vite fut magnifique.

Égalité. Il ne restait que dix minutes.

Égalité. Il ne restait que trois minutes.

Les Raptors avaient utilisé leur temps mort, nous avions toujours le nôtre, et le coach le demanda. Je savais pourquoi. Ce n'était pas pour discuter de stratégie, mais pour donner un moment de répit à Ten. Le gamin était en feu. Il se pencha au-dessus de nous et nous nous réunîmes en cercle. Il dit une seule chose. Il savait que cela nous donnerait notre dernière impulsion.

— Finissons-en.

L'horloge décompta les dernières secondes, nous étions au même niveau que l'autre équipe, nos chances étaient donc limitées. Les Raptors lancèrent trois palets en direction du but en une minute. Il y eut également un rebond. Mais Stan, efficace, s'occupa de tout. Nous répondîmes à leur force.

Une minute. Toujours à égalité. Il restait soixante secondes et il était impossible d'avancer de leur côté.

Leur attaquant star se dirigea vers notre but. J'étais là, à patiner en arrière pour le bloquer. Le palet quitta sa crosse et me heurta la cuisse quand je me penchai pour le bloquer.

Adler récupéra le palet tombé avec sa crosse et le passa vivement à Ten, qui le donna à Larson, puis tout sembla ralentir. Je pouvais lire le jeu. C'était quelque chose que je les avais déjà vus faire, Ten et Addison faisaient tourner le palet entre eux alors que les secondes s'écoulaient.

Le premier coup fut bloqué par leur gardien, mais il ne put l'attraper et le palet retomba sur la crosse de Ten. Le gamin mit un genou à terre, frappant si rapidement que personne n'aurait eu la chance de l'arrêter.

La petite lumière s'alluma, nos supporters se mirent debout et nous bondîmes sur Ten.

Nous avions un but d'avance, il ne restait que vingt-trois secondes au chronomètre.

C'était maintenant à nous de tout faire pour les empêcher de marquer, et chaque seconde cogna comme un battement de cœur.

Puis la corne de brume résonna pour sonner la fin du match, nous avions gagné.

Le match.

La saison.

Cette foutue Coupe Stanley.

J'étais un champion de la Coupe Stanley, c'était tout ce que j'avais jamais voulu.

Pourtant... Là, avec les familles, Ben regardait et je me rendis compte que je l'avais aussi. Gagner la Coupe avait été le seul but de ma vie, mais maintenant, c'était Ben qui était mon tout.

C'était mon dernier match en tant que hockeyeur professionnel et c'était une sacrée belle façon de tirer ma révérence.

Le chaos fut bruyant et hystérique. Nous fonçâmes tous sur Stan, qui se retrouva collé à la glace, riant et hurlant. Puis nous nous mîmes en cercle, Stan aidant Ten à se relever et le faisant tourner. Nous serrâmes la main de nos adversaires, qui semblaient épuisés, mais qui prirent le temps de nous féliciter. C'était ce qu'il y avait de bien avec le hockey. Malgré tout, la plupart des équipes se respectaient.

Sauf Lankinen, qui me maudit dans sa barbe et m'insulta, ce que je préférai ignorer. Connard.

Nous nous étreignîmes et criâmes de joie. Nous ne fûmes arrêtés que lorsqu'ils déroulèrent les tapis rouges. Tout devient alors sérieux.

Nous nous regroupâmes autour de Connor, puis il s'éloigna après l'annonce de la victoire. Il saisit la coupe et l'expression sur son visage fut incroyable. Ils disaient qu'on ne pouvait pas le faire, qu'une équipe en développement était faite de laissés pour compte, mais ils avaient eu tort. Tellement tort.

Connor passa la coupe à Ten. Nous savions qu'il le ferait. Le gamin était une star, la lumière des Railers et un futur membre du Hall of Fame du sport, c'était certain. Je regardai mes coéquipiers saisir le trophée chacun leur tour, puis ce fut à moi. Je le pris des mains d'Adler, qui souriait comme un fou.

— Voilà pour toi, mon vieux ! cria-t-il à mon oreille.

J'accusai le poids de la coupe, qui était bien lourde, mais, mon Dieu, je fis un tour de patinoire avec, commençant à me sentir plus léger qu'une plume. Je m'arrêtai brièvement à l'endroit où je savais que Ben se trouvait et je lui fis un signe, espérant qu'il voyait ce que je faisais. Puis je le remarquai, juste à côté de la glace. Il souriait et applaudissait. C'était parfait.

La Coupe Stanley dans mes mains, l'homme que j'aimais là où je pouvais le voir, et la patinoire vibrant sous les exclamations.

La vie ne pouvait pas être meilleure.

ILS PERMIRENT aux familles de venir sur la glace, et cela incluait Ben. Je le serrai dans mes bras, refusant de le relâcher, posai pour des photos avec l'équipe. Puis nous jouâmes le jeu pour les caméras qui enregistraient tout. Adler avait commencé un genre de danse ridicule, et j'étais tellement partant pour ça. Je me joignis à lui et à Ten pour un déhanchement étrange alors que Connor nous rejoignait et m'attirait sur le côté. Il avait fait la même chose pour tout le monde et c'était mon tour.

— Sacré match, hurla-t-il par-dessus la cacophonie autour de nous.

— Sacrée saison, Capitaine, criai-je en retour.

Il me donna une claque dans le dos. C'était mon dernier match, la dernière fois que je me retrouvais ainsi sur la glace. L'excitation était intense et Ben était juste là. Je patinai jusqu'à lui et tendis la main, voulant le toucher.

Puis tout devient noir.

Chapitre 17

MAX

LA VOIX ÉTAIT DOUCE, MAIS INSISTANTE. ELLE APPELAIT MON nom, la lumière était si brillante que je mis la main sur mes yeux. Du moins, je crus l'avoir fait, mais je ne pouvais rien sentir et c'était douloureux. Partout.

— Il se réveille, déclara la voix.

Il y avait un soulagement dans son ton. Je n'entendais rien d'autre que du silence. Qu'était-il arrivé aux rugissements de la foule, aux cris, aux célébrations ? Où était-ce parti ?

— Hé, Max ?

La voix de Ben. Je voulus dire quelque chose. *Que s'est-il passé ? Pourquoi j'ai chaud ? Ma tête me fait mal.*

Rien de tout ça ne se produisit et j'étais fatigué. Je fermai les yeux de nouveau. Une sieste pourrait m'aider.

APRÈS CETTE SIESTE, je me sentis mal. Du moins, je pensais que c'était à cause de ça. Quelqu'un me tint la tête pendant que je vomis. J'entendis la voix de Ben et je me concentrai uniquement dessus.

Ben ? appelai-je. Mais les mots ne sortirent pas. *Ben, je t'aime. Que s'est-il passé ?*

LA LUMIÈRE DIMINUA, la douleur dans ma tête également, et je me sentis moins mal. Ce fut ainsi que j'évaluai la situation après avoir ouvert les yeux.

— Salut, me dit immédiatement Ben.

— Qu'est-c'qui passe ? réussis-je à dire.

Cette fois-ci, les mots franchirent mes lèvres.

— Tu as eu un saignement, expliqua doucement Ben.

Il n'ajouta rien de plus.

Merde. Ce n'était pas possible. J'avais pensé au positif. Pourquoi cela avait-il dégénéré ?

— Ce n'était pas un saignement majeur, mais le doc Warner est ici et il… C'est trop compliqué, mais tu vas bien. Tu *iras* bien. Le feu, le stress, le match, le coup que tu as pris du défenseur, la pression de la finale, la victoire… le médecin pense que ça a été suffisant pour te le provoquer. Ce n'était pas un AVC, juste un saignement. Tu fais la une des journaux. S'évanouir pendant la finale, c'était un peu dramatique.

Je voulais qu'il arrête de parler, je pouvais entendre la peur dans sa voix, et je souhaitais lui dire quelque chose.

— Je t'aime, réussis-je à dire.

Ma langue était épaisse, mes mots un peu brouillés. Il s'agrippa à ma main, puis m'embrassa. Je sentis son contact, j'y répondis et sentis son baiser.

Je n'étais pas brisé. Je pouvais me relever.

. . .

ILS ME GARDÈRENT à l'hôpital pendant trois jours, surtout pour rester en observation. Après le premier jour, je me sentais déjà assez bien pour sortir. Le deuxième, j'étais irritable. Ben me donna des nouvelles du refuge, me montra des photos, me parla des dons et des chiots qui revenaient. Stan et Erik avaient adopté deux labradors et un chien de races croisées que personne ne pouvait distinguer. Apparemment, il était si minuscule qu'il tenait dans la main de Stan et il était devenu ami avec son chat.

— Dire que Stan voulait un chien de garde, conclut Ben.

— Je veux rentrer à la maison, annonçai-je, comme si je n'avais rien écouté du tout.

— Westy a dit qu'il préparait ton appartement pour…

— Non, l'interrompis-je, chez toi, notre maison.

Je crus qu'il allait se mettre à pleurer et je lui serrai la main.

— Je t'aime.

Il m'embrassa doucement sur le front.

— Et je t'aime.

LE MÉDECIN FUT direct et alla à l'essentiel. J'avais eu un petit saignement, rien de trop dramatique, et il l'avait refermé. C'était probablement la fin de tout ça maintenant. La faiblesse qu'il n'avait jamais été en mesure de repérer s'était horriblement révélée, mais tout était terminé. Le pourcentage de chance pour que ça ne se reproduise pas était plus élevé apparemment. Ben sembla soulagé, mais à aucun moment, lors de l'explication, il ne lâcha la main. Pas une seule fois.

J'avais eu mon instant sous le feu des projecteurs. Ben

avait gardé le journal, dont la une était *Le Champion de la Coupe Stanley s'effondre sur la glace pendant la finale.* Il avait conservé les liens YouTube des vidéos montrant le moment où je m'effondrais. Tout ce que je me disais, c'était que j'étais tombé sur la glace avec aussi peu de grâce que si on m'avait frappé. C'était embarrassant.

Le troisième jour, je rentrai à la maison. Les tantes surexcitées de Ben et une grande partie de l'équipe nous attendaient.

Au milieu du minuscule salon était posée la chose pour laquelle je m'étais battu. La coupe.

Nous prîmes des photos, seuls, avec l'équipe, mais la meilleure partie fut quand ils partirent et que je restai seul avec Ben.

Exactement comme il se devait.

Épilogue

BEN

JE COMMENÇAI À CROIRE QUE JE POUVAIS M'IDENTIFIER À TOUS ces nouveaux parents, ceux qui se réveillaient et qui écoutaient le baby-phone, juste pour s'assurer que Junior respirait. Trois semaines après le malaise de Max sur la glace, je continuais de le faire. Me réveillant brusquement au milieu de la nuit, le cœur tambourinant dans ma cage thoracique, tandis que dans un cauchemar embrouillé, je venais d'enterrer Max à côté de Liam. Le songe disparaissait et je tendais la main pour la poser sur son torse. Je retenais mon souffle irrégulier jusqu'à ce que je puisse l'entendre. Je n'étais pas sûr de savoir si j'arriverais à dépasser cela un jour. J'imaginais que la peur de le perdre était bien trop ancrée en moi, comme une écharde dans mon âme qu'on ne pourrait jamais retirer.

La peur et l'amour me maintenaient à ses côtés, ou du moins autant que possible. Je n'étais pas comme un singe accroché à son dos. Chaque fois qu'il allait quelque part pour faire quelque chose, je m'inquiétais jusqu'à ce qu'il revienne. Merci, mon Dieu, il avait le bon sens de ne pas conduire. J'étais ravi d'être son taxi. Parfois, je le taquinais en disant que c'était comme Miss Daisy et son chauffeur, juste pour l'agacer, mais j'étais heureux de l'emmener là où il avait besoin d'aller. En fait, maintenant qu'il avait pris sa retraite, il ne souhaitait aller nulle part en particulier.

— La Terre à Ben, dit Max en s'éloignant de moi.

Je jetai un coup d'œil à droite. Il avait sa vitre ouverte et ressemblait beaucoup à Bucky, à l'arrière. L'air frais de la campagne soufflait sur son visage joyeux alors que nous roulions vers une autre maison potentielle.

— Je m'étais perdu dans mes pensées, répondis-je.

Je tendis la main vers la radio pour augmenter le volume de *Earth, Wind & Fire*.

— Les mauvaises choses restent dans le passé, tu te souviens ?

— Ouais.

C'était plus facile à dire qu'à faire, puisque nous devions encore gérer Rolf et tous les problèmes légaux. Son procès n'était que dans quelques mois, et il était sorti sous caution. Une ordonnance restrictive avait été mise en place pour que ma famille, mes tantes, le refuge et moi soyons en sécurité, mais tout de même…

— D'accord, alors tu ne penses pas à l'enfoiré.

— Je ne pense pas à l'enfoiré, gloussai-je. Retourne sur l'application et assure-toi que l'agent immobilier nous a envoyé les bonnes indications.

Je n'avais jamais été aussi loin dans le comté de Lancaster. Je n'étais venu ici que quelques fois avec mes tantes pour jouer au touriste, aller dans les magasins et jeter un coup d'œil aux amish qui avaient une communauté vibrante ici. Nous roulions à travers des terres agricoles et étions passés à côté d'un cheval et d'une charrette. Max avait été ravi de voir ça.

— Je m'en charge, dit mon petit ami.

Il saisit son portable alors que nous longions des pâturages bien verts avec des moutons et des vaches laitières.

C'était là que Max voulait vivre. Loin de la ville. Pour respirer l'air frais et ouvrir un deuxième refuge sans euthanasie. Que nous gérerions ensemble. Chaque fois que je pensais à notre nouvelle vie à la ferme, ensemble, je me sentais nerveux et étourdi d'amour.

— Encore deux kilomètres environ sur la 340, puis nous arriverons à Jouy.

Il ricana à cause du nom de la ville, tout comme il le faisait chaque fois qu'il le lisait. J'adorais l'entendre rire, même si c'était assez puéril.

— Et une fois qu'on est à Jouy ?

— On se fume une clope.

Il rugit de rire. Je secouai la tête et essayai de dissimuler mon gloussement.

— Oh, je déconne. D'accord, alors plus sérieusement, on passe sur la 772. Peut-être qu'on verra un pont couvert là-bas. Il y en a partout.

— Peut-être.

Je suivis ses instructions, le petit citadin en moi commençant à se sentir anxieux dans toute cette campagne avec les routes sans panneaux.

— Tu es sûr que tu veux aller aussi loin ? Il n'y a rien d'autre que des vaches et du maïs.

— Oui, c'est parfait, tu ne trouves pas ? Pas de voisins, pas de commission d'urbanisme, pas de circulation, pas de drogues ni de crime.

— C'est vrai.

Je soupçonnais également qu'il essayait de m'éloigner autant que possible de Rolf.

— J'imagine qu'avoir un refuge ici serait sympa.

— Oui. Peut-être qu'on pourra même accueillir les animaux de la ferme ici. Les chèvres, c'est cool. On pourrait accueillir des chèvres dans le besoin.

Je m'arrêtai à un stop qui donnait sur un carrefour avec quatre routes en terre, et je le regardai.

— Des chèvres. Qu'est-ce que tu sais des chèvres ?

— On apprendra tout ce qu'il faut sur Internet.

Il se pencha pour m'embrasser. Bucky s'agita pour venir ensuite nous lécher le visage.

— Tu vois, même Bucky pense qu'on devrait accueillir des chèvres. Ou une vache. Je pourrais traire une vache.

— Je t'imagine bien partir vers la grange avec ton pot à lait tous les matins.

Je disais ça pour plaisanter, mais je l'imaginais *vraiment* faire ça. Je pouvais nous imaginer rendre ce nouveau refuge plus grand et plus beau. Un endroit pour les bêtes dans le besoin ainsi que les animaux de compagnie plus petits.

— Je crois qu'on a besoin d'un grand coq aussi, fis-je remarquer.

J'attendis un commentaire malicieux. Mais il n'arriva jamais, puisque Max lisait quelque chose sur son téléphone.

— Eh ben. Les Railers ont choisi un nouveau gardien remplaçant. Un gamin des Raptors, encore un débutant. Il s'appelle Bryan Delaney. Merde, c'est un chiot qui tète encore. On va carrément s'amuser avec lui et sa tête de bébé quand il entrera dans le vestiaire pour… Eh merde.

Il baissa son téléphone et me lança un sourire des plus tristes. Je tendis la main et serrai fermement la sienne.

— Le hockey va me manquer, confia-t-il.

— Je sais. Mais tu seras tellement occupé à traire des vaches, à jouer avec des chèvres et à m'aimer que tu n'auras pas le temps d'y penser souvent.

— Ouais, c'est vrai. On recommence, tous les deux. Peut-être qu'on peut appeler notre ferme refuge « Nouveau Départ ».

Je hochai la tête.

— C'est un joli nom.

Max sourit fièrement.

— Imagine les photos qu'on pourrait faire pour le calendrier dans une ferme.

— Tu seras sur la couverture avec moi, n'est-ce pas ?

— Sur la couverture ? Oh, ouais, j'aimerais bien. C'est sûr. Toi, moi, Bucky et la nouvelle chèvre.

Cela semblait parfait. Même pour la chèvre.

Quelle est la prochaine étape pour les Railers ?

Ligne de but (Railers 6)

Prochain Tome

Ligne de but (Railers # 6)

Ligne de but

La peur et la tristesse marquent la vie de Bryan. Gatlin peut-il lui montrer qu'il faut faire confiance avant d'aimer ?

Gatlin Pearce approche doucement des trente-huit ans et est toujours célibataire. Ce n'est pas qu'il a envie d'être seul, c'est juste qu'il est bien trop vieux pour aller dans une boîte de nuit bondée de mecs couverts de paillettes qui ne sauraient même pas qui sont les Rolling Stones. Il vaut mieux qu'il passe ses soirées à Hard Score Ink, sa boutique de tatouage et atelier d'art dans lequel il créait des œuvres sur de la peau humaine en écoutant les matchs de Railers et en buvant une bière bien fraîche.

Sa vie de solitaire s'apprête à s'achever quand Bryan Delaney, le nouveau gardien remplaçant des Railers, se pointe dans sa boutique à la recherche d'un artiste pour son casque. Gatlin voit une certaine tristesse dans ses yeux et découvre qu'il est un peu plus que sous le charme de ce nouveau joueur.

Bryan Delaney a quitté la maison à quinze ans pour vivre en famille d'accueil. Il aurait simplement espéré pouvoir échapper à son père alcoolique et à sa mère pieuse plus tôt. Lorsqu'il signe un contrat avec les Raptors d'Arizona, il trouve une nouvelle famille et sa première histoire d'amour, même si la relation est marquée par la violence.

Être transféré chez les Railers est un choc pour lui, mais cette équipe ne ressemble en rien à celle pour qui il a joué précédemment et ses coéquipiers semblent vraiment tenir à lui. Ce n'est que lorsqu'il rencontre Gatlin, l'artiste avec qui il partage l'amour de la musique et du hockey, qu'il se rend compte de l'aide dont il a besoin pour échapper à son passé.

Ligne de but

Changer Les Limites (Harrisburg Railers 1)

Tennant peut-il prouver à Jared que l'âge ne représente qu'un chiffre et que l'amour est tout ce qui compte ?

Les frères Rowe sont de célèbres têtes brûlées du hockey, mais en tant que le plus jeune du trio, Tennant a toujours dû jouer contre les réputations de ses frères. Afin de sortir de leurs ombres et refusant de tenir compte de leurs conseils, il accepte un transfert dans l'équipe des Harrisburg Railers, où il se retrouve face à Jared Madsen. Mads, un vieil ami de la famille et ancien coéquipier de son frère. Il se trouve être aussi le nouvel entraîneur de Tennant, et l'homme le plus sexy sur lequel il ait posé les yeux.

La carrière de Jared Madsen a tourné court à cause d'une défaillance de son cœur, et être coach lui permet de rester proche du jeu. Lorsque Ten intègre l'équipe, son monde soigneusement organisé se retrouve en plein chaos. De neuf ans son cadet et frère de son meilleur ami, il sait que Ten est totalement hors limites, pourtant dès qu'il voit ses mouvements, sur et hors de la glace, il sent que son cœur pourrait lui causer de nouveaux problèmes.

Changer Les Limites (Harrisburg Railers 1)

Saga Railers Hockey / Saga Owatonna U

coécrite avec RJ Scott

Également par RJ Scott

Pour obtenir la liste complète des ebooks et des liens, scanne le code ci-dessus ou visite le site: rjscott.co.uk/liste-de-livres

Également par VL Locey

Pour obtenir la liste complète des ebooks et des liens, scanne le code ci-dessus ou visite le site: vllocey.com/translations

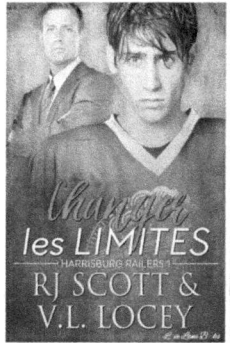

À Propos des Auteurs: RJ Scott

Le but de RJ Scott est d'écrire des histoires avec un cœur romantique, une route sinueuse pour atteindre le bonheur et surtout, ce soupçon de fin heureuse.

RJ est l'auteure de plus d'une centaine de romans publiés et est connue pour écrire des livres avec une fin heureuse.

Elle vit juste à l'extérieur de Londres et passe chaque minute où elle n'est pas avec sa famille à lire ou à écrire.

La dernière fois qu'elle a fait une pause d'écriture d'une semaine, elle a réellement détesté ça. Et elle doit encore trouver une bouteille de vin qui lui résistera.

Website: www.rjscott.co.uk

Newsletter: rjscott.co.uk/NL-FR

À Propos des Auteurs: V.L. Locey

V.L. Locey aime porter des jeans usés, le yoga, les éclats de rire, marcher, lire et écrire des histoires puissantes, la mythologie grecque, les New York Rangers, les bandes dessinées et le café.

(Pas forcément dans cet ordre.)

Elle partage sa vie avec son mari, sa fille, un chien, deux chats, un tas de poules assorties et deux bœufs Jersey.

Lorsqu'elle n'écrit pas des romances épicées, elle aime passer sa journée avec sa ménagerie dans les collines de Pennsylvanie avec une tasse de café à la main.

Website: vllocey.com

Newsletter: vllocey.com/newsletter

facebook.com/124405447678452

x.com/vllocey

instagram.com/vl_locey

bookbub.com/authors/v-l-locey

goodreads.com/vllocey

pinterest.com/vllocey

amazon.com/author/vllocey